貓貓
高高舉起
人參的布包，
轉啊轉啊轉圈圈。
8
藥師少女的獨語
日向夏
Natsu Hyuuga
illustration
しのとうこ

貓貓陪姚兒和燕燕一起去買東西。
一行人從宿舍往南，走在面朝大街的街市上。
街上商舖櫛比鱗次，又擺下了許多攤販填滿商舖之間的空隙。

「馬良 是這麼說的。」
麻美 不知是從何處冒出來的，
動作快到連王氏也一時沒能發覺，
無聲無息地在王氏等人面前現身。

（之前好像在哪兒
看過這種場面。）

貓貓看著戲台上
吸引眾多群眾
圍觀的二人。
是壬氏與單片眼鏡老賊，
中間隔著一個棋盤。

「您說這是令公子的手指……」

博文破口大罵，
阿爹默默地聽他說。
換作是平常的
怪人軍師，
絕不會讓人妨礙棋賽，
但看來今天身體
是真的不舒服。

藥師少女的獨語

INTRODUCTION

圍棋大賽開辦

當差試毒弄壞了身子的姚兒終於復職，
姚兒、燕燕與貓貓三人再次回到在尚藥局工作的日子。
就在這時，羅漢編纂的圍棋書
使得宮中掀起了一股圍棋熱。
最後甚至促成了一場圍棋大賽，
壬氏與羅半也來參一腳，讓棋賽漸漸演變成一大賽事。
然後來到了圍棋大賽當日——
由於幾乎所有人都去看大賽，使得尚藥局人手過剩。
被派往會場的貓貓儘管不情不願，仍在會場幫忙做事。
雖說圍棋正大肆流行，
但挑戰者的人數也太多了點；她正心生疑問時，
羅半跟她說了一個「傳聞」。
說是「只要下棋贏過漢羅漢，
即可得償一項所願」——
貓貓心想誰也不會去信這種謠言，正覺掃興時，
一位眼熟的蒙面男子現身會場。
此名男子屢戰屢勝，即將與羅漢對弈一局——
結果究竟孰勝孰負？而男子的目的又是什麼？

藥師少女的獨語

8

日向夏

Kadokawa Fantastic Novels

目錄

藥師少女的獨語

人物介紹　一三
序　話　一六
一　話　圍棋教本　一八
二　話　逛街市　二八
三　話　風潮　五七
四　話　馬家姊弟　七三
五　話　底牌　八四
六　話　雷鳴　九六
七　話　遠征　一二一
八　話　整人　一三二
九　話　壬氏的盤算　一四二
十　話　白湯　一六三

目錄

8

十一話　嬉戲與憂懼　一七四
十二話　難吃的菜餚　一八五
十三話　偷簪賊　一九九
十四話　圍棋賽　前篇　二三七
十五話　圍棋賽　幕間　二四八
十六話　圍棋賽　後篇　二六〇
十七話　怪人對變態　二八〇
十八話　手指原主　二九五
十九話　棋聖　三一八
二十話　叫將　三三三
終話　三五七

彩頁、內文插畫／しのとうこ

人物介紹

貓貓……煙花巷的藥師，對藥品與毒物有著異常的執著，但對其他事情興趣缺缺。尊敬養父羅門。十九歲。

壬氏……皇弟，容貌美若天女的青年。對貓貓的事思惹情牽，卻總是被她四兩撥千斤。本名華瑞月。二十歲。

馬閃……壬氏的貼身侍衛，高順之子。天生痛覺比他人遲鈍，因而能夠發揮超乎常人極限的力量。個性認真但常常白費力氣。心繫里樹妃。

高順……馬閃之父。體格健壯的武人，原為壬氏的監察官。現為皇帝直屬部下，為皇帝效力。

羅漢……貓貓的親爹，羅門的姪子，戴著單片眼鏡的怪人。雖是軍府高官，但由於總是做出些奇怪行徑，旁人對他避之唯恐不及。興趣是圍棋與將棋，本領出神入化。

羅半……羅漢的姪子兼養子，戴著圓眼鏡的小矮子。對美人沒轍，一見到美女就要追求。為了替養父還債而致力於經營副業。

羅門……貓貓的養父，羅漢的叔父。曾為宦官，現為宮廷醫官。過去受過刑罰，被剜去一邊膝蓋的骨頭。

玉葉后……皇帝正室，紅髮碧眼的胡姬。二十一歲。

皇帝……蓄著美髯的明君，喜愛身材豐腴的女子。三十六歲。

姚兒……貓貓的同僚。年方十五但個頭高挑且發育良好，使她看起來比貓貓年長。

燕燕……貓貓的同僚，姚兒的侍女，與姚兒一同成為了宮廷的醫佐。心裡只有姚兒一人，經常表現出不正常的愛護之情。十九歲。

紅娘……玉葉后的侍女長。天生勞碌命，總是被奔放不羈的皇后弄得七葷八素。

櫻花、貴園、愛藍……玉葉后的資深貼身侍女。

白羽、黑羽、赤羽……玉葉后的貼身侍女們。各差一歲的三姊妹。

序話

「妳得笑著。」

娘親總是這麼對她說。說是好讓父親偶爾過來時高興，願意摸摸她的頭。

娘親不是正室。父親的年紀已經老到能當她的祖父，同父異母的哥哥與娘親同年，與其喚作「哥哥」還不如叫一聲「叔父」比較自然。

哥哥大概是看比自己年少許多的妹妹不順眼吧。哥哥的孩子們總是跑來捉弄她，或者扯她頭髮；或者拿泥巴球丟她。

孩子確實都是如此殘酷。大人說什麼，就直接拿來指責當事人。而且叫來的人數讓她無法抵抗。

他們笑她是妾室之女，她反而回以笑臉。揚起嘴角，微微露齒。

哥哥那些從來只看過諂媚陪笑的孩子們，看了都退避三舍。

明明只是衝著他們笑罷了，真不知道自己在他們眼裡是個什麼樣子。那種反應太逗趣，讓她更加衝著他們笑。

正好此時父親出現了。父親看到自己滿身泥巴，不知道作何感想。

父親也在笑。

他無視於其他一身光鮮亮麗的孫兒們，一直線走到了滿身泥巴的她面前。然後，父親擦了擦她臉上的泥，摸摸她的頭。

「我會讓妳成為第一。」

她問父親是什麼的第一。

「社稷第一。因為妳有這個器量。」

其他孩子沒有，只有自己有。父親說她特別，讓她稍稍心動了一下。

「妳要繼續保持眼裡的光彩，萬萬不可以絕望。妳必須一輩子常保笑容。」

要她笑不難。只要有什麼有趣的事物，笑不是問題。

不用父親叮嚀，她一生都在尋覓歡快的事物。縱然她將被送進群魔亂舞的女子苑囿——

一話　圍棋教本

就在季節漸漸風寒刺骨，讓人想在棉被上多加條褥子的時候……

貓貓面對堆高得像一座山的書本，驚得嘴巴都合不攏。這些聚積在宿舍玄關的書籍，大書著「給貓貓」幾個字。

「這是什麼呀？是書對吧？」

姚兒從自己的房間走了出來。她在日前當差試毒時中了毒，一時病重，幸好現在總算恢復了元氣。她養病了一陣子，聽說後天就能回去當差了。

姚兒來到貓貓的身旁。端正的側臉留下了令人遺憾的黃疸。她的肝臟與腎臟功能嚴重衰退，因此今後酒類與鹽分攝取都得控制。也得為她準備些保養肌膚的膳食才行。

「全都是同一本書呢。」

姚兒都出來了，燕燕自然不可能不出來。她手裡拿著裝了晚膳材料的布袋。不用貓貓來做，為了消除姚兒的黃疸，她已經拚命在蒐羅藥材與食材了。

「是圍棋書呢。作者寫說是『漢　羅漢』。」

貓貓很明白一跟麻煩人物扯上關係，就只會帶來麻煩事。知道卻難以避免。原來是怪人軍師搞出來的。

「我已經說不方便了，但對方堅持，硬是擺在這裡，還讓我保管了一封信。」

管理宿舍的大娘把信交給貓貓。信上字跡整齊地寫得委婉，但說成白話似乎就是「我編了好多圍棋書，也送貓貓妳一些」。一看就知道是怪人軍師讓部下代筆的，恐怕部下也是傷透了腦筋。

「這些要怎麼辦啊？」

書多到都能讓姚兒靠在上頭了。書本是珍貴物品，有些書甚至一本就有一個月的飯錢那麼貴。儘管這些書並非手抄而是刷印，成本應該較低一些，但還真佩服他印了這麼多本。可以想像怪人軍師的養子羅半此時一定正哀叫著籌錢。然而那跟貓貓無關。

「……總不能就燒了吧。」

儘管作者令人嫌棄，但書本無罪。貓貓試著翻閱幾頁，發現意外地寫得不錯。書中收錄棋譜，針對盤面要點做了解釋。雖然很難說適合初學者，但應該能滿足眾多弈客。書裡還偷偷附上了三花貓下棋的插畫，但就當作沒看見吧。

「……」

燕燕興味盎然地看著書。

「妳要看嗎？」

「好的。」

貓貓給她一本，她兩眼發亮地開始翻頁。

（原來她也會對姚兒以外的事情感興趣啊。）

貓貓佩服起沒必要佩服的地方來。

「有趣嗎？」

「有趣。不愧是軍師大人，寫得真好。前半是多用定式的模範棋譜，後半則記載了打破常規的棋譜。」

「想要嗎？」

貓貓聽不太懂。關於圍棋或將棋，她只跟青樓小姐們學過下法。

「送我的話我樂於收下。要收錢的話我可以出一枚銀子。不只內容好，紙質與印字也都很漂亮。」

「一枚銀子……」

貓貓看看堆積如山的書。這些書有那麼大的價值？

「一枚銀子啊……賣這麼便宜沒關係嗎？」

姚兒邊檢查書的裝訂邊向貓貓做確認。千金小姐的金錢觀念跟平民有點落差，一枚銀子都夠當半個月的飯錢了。
「的確是便宜了點，但奴婢是想請她看在朋友的面子上打個折。」
燕燕代替貓貓回答。
（原來咱們是朋友啊。）
不是同僚，是朋友。既然燕燕都說貓貓是朋友了，自己也該將她當成朋友才不致失禮。所以，燕燕跟她就是朋友了。姑且不論金錢觀念有點偏差的姚兒，既然燕燕都那麼說了，即使是這種書，一本收個一枚銀子應該也不為過。只是照這樣看來應該還會繼續增刷，或許會再稍微降價。
「燕燕跟貓貓是朋友……」
姚兒盯著她們瞧。
「那我呢？」
姚兒向燕燕與貓貓問道。
「小姐對奴婢而言是無可取代的小姐！」
燕燕用力拍拍胸脯，開朗地笑著說了。
（我猜這樣是答錯了。）
千金小姐霎時變得一臉不高興。她坐到擺在玄關前的椅子上，嘔氣似的蹺起了二郎腿。

看到姚兒的這種態度，「咦？」燕燕變得不知所措。

「燕燕，書我送妳。如果妳有認識喜歡下圍棋的人，可以跟我說嗎？」

貓貓向驚慌的燕燕問道。

「呃，妳說弈客嗎？我知道幾個人，因為醫官們假日大多都在下圍棋。」

這真是個好消息。貓貓面對大量的書本，開始隱藏不住雙頰的笑意。

（有錢就能買昂貴的藥了。）

日前砂歐的巫女蒞臨國內，使得來自西方的各種商品集聚於京城。一些奇珍異寶都被富人搶先買去，商品要過一陣子才會在市面上流通。

當然，即使在市集上流通了，舶來品就是貴。雖然貴，但只要花大錢就買得到。

「可以告訴我那些弈客是誰嗎？」

被貓貓這樣拜託，燕燕從荷包裡取出了一枚銀子。

「來，這是書錢。」

「呃，我說不用了。」

「不，我要付。作為交換條件……」

燕燕瞄一眼堆積如山的書本。

「請算我一份。」

她用手指比出了錢幣形狀。
（果然不簡單。）
貓貓以眼神回答「好」的時候，背後傳來了重重的「咚」一聲。
是姚兒在抖腳跺地。雖然千金小姐不該做出男抖貧女抖賤的不雅動作，但看得出來她是故意的。
「小、小姐，請不要這樣。」
燕燕馬上做出反應。
「我說燕燕啊！怎麼還不去準備晚膳？」
姚兒一臉不高興地瞪著貓貓與燕燕。
「啊！對不起。奴婢這就去準備。」
燕燕往灶房去了。
貓貓一邊心想「真可愛」看著姚兒，一邊摸摸大量書本。
她決定先把書拿進房間再說。這陣子房間裡可能會沒地方站了。
「貓貓。」
「什麼事？」
聽到姚兒叫她，貓貓扛著書轉過頭去。

「妳明天有空嗎？」

「有空……說有空或許有空，說有差事又或許有差事。」

明天貓貓她們三人都放假。貓貓可以回煙花巷露個臉看看藥舖的情形，也可以上街蹓躂找找有意思的藥品，想幹什麼都行。

「到底有沒有空！」

「那就當我很忙吧。」

「有空，妳有空對吧！」

千金小姐真是任性。不得已，貓貓只好一面被她抓著亂搖，一面點個頭。

「妳明天有事嗎？」

被貓貓這樣問，姚兒摸摸臉頰，就是長了黃疸的部位。

「我想去買藥。這貓貓應該比燕燕更懂吧？」

（原來如此啊。）

姚兒年方十五，正是在意容貌的年紀。

「那麼，要不要順便也買點脂粉？」

貓貓知道有哪些店家專門做煙花巷名妓的生意。有些娼妓就算被不像話的恩客揍出了瘀青，也能用那裡的脂粉漂亮蓋過。

她一定會想在回去當差之前把黃疸遮好。
「脂粉？」
姚兒盯著貓貓的臉瞧，觀察她鼻子周圍的部位。
「……我問妳，妳為何要故意畫上雀斑？」
她們住在同一棟宿舍，貓貓的雀斑早就被發現是假的了。
「一言難盡。」
之前貓貓曾經打算不再畫雀斑，結果壬氏跟她說：「妳繼續畫著。」於是她就一直畫到現在，但很難向人解釋。壬氏這個麻煩精真讓她傷腦筋。
「是基於宗教上的理由。」
她懶得解釋，於是藉故搪塞。
「宗教上……是藥師拜的神明還是什麼嗎？」
姚兒繼續追問。
「不，比較像是讓身高長高的方術。」
「噢，那就免了。」
姚兒應該是不需要再長高了。看她失去興趣，貓貓才剛放心，就看到燕燕端著菜餚站在後面。

「貓貓。」

那對眼睛在說：「不許亂撒謊誑騙小姐。」

二話　逛街市

翌日，貓貓陪著姚兒和燕燕一起去買東西。一行人從宿舍往南，走在面朝大街的街市上。街上商舖櫛比鱗次，又擺下了許多攤販填滿商舖之間的空隙。街市熱鬧非凡，除了繁忙也展現出活力。

「貓貓，妳帶了什麼過來？」

姚兒指著貓貓手裡的布包。

「昨天的書。想去看看書肆願不願意買下。」

貓貓姑且先帶了三本出來。帶著一堆同樣的書過去，店家是不會買的。

「妳要賣掉？」

燕燕皺起眉頭。

「我想看看行情。」

「那就可以。」

燕燕也同意了。姚兒抬頭看著天空。

「天氣似乎不太好呢。」

貓貓也仰望天空。天上覆蓋著鉛灰色的厚厚雲層。

「真的呢。難得秋天會有這種天氣，又不是颱風要來了。」

「太陽沒出來，有點冷呢。」

姚兒把圍巾圍得緊緊的。一方面是因為有點寒意，但同時應該也是為了遮掩臉上的黃疸。

（果然還是有點明顯。）

貓貓心想，一定得替她挑到好的脂粉才行。

「我想先買這些東西。」

燕燕讓貓貓看寫好的紙條。主要大多是蔬菜水果。

「有沒有漏了什麼？」

被燕燕這樣問，貓貓看看姚兒。

「姚兒姑娘喜歡吃白米，對吧？」

「與其說喜歡，大家基本上吃的不都是白米嗎？」

「妳會不願意吃白米以外的主食嗎？」

白米是以玄米精製而成的一種米，味道遠比玄米更好，但去掉了稻米本來具有的營養。

據阿爹所說，吃玄米取代白米可以預防腳氣。

「妳是要我吃玄米嗎？」

姚兒略微蹙額顰眉，看樣子果然是不太想吃。

「不吃玄米也無妨，可以在白米裡摻些食材，像是混入雜糧、麥子或芝麻等等，能夠攝取到更多營養。」

如果以米為主食，同時攝取得到各種營養自然更好。

「那麼，試著加點小姐喜歡的蕎麥仁如何？」

燕燕做出提議。但貓貓用手比了個大叉叉。

「蕎麥不能吃嗎？」

燕燕擔心地看著貓貓。

「不行，因為我不能吃。」

吃了會長蕁麻疹。

「……」

兩人冰冷的視線刺在貓貓身上。

（沒辦法啊，誰教燕燕煮的飯那麼好吃。）

最近貓貓常常跟著兩人一起用餐。

「啊，還有，不妨也吃點海藻如何？」
「海藻嗎？」
看燕燕的反應，似乎是沒有吃它的習慣。
「是。另外肉類最好也換成豆類或魚類。當然，我不會說完全不能吃。」
一般認為太油的食物對身體不好。姚兒顯得有點厭煩。畢竟她正值食欲旺盛的年紀，應該會想吃點肉。除此之外，鹽分與酒也得少碰。
燕燕也在煩惱。
（嗯，得想想法子……）
雖說醫食同源，飲食與醫療有著密不可分的關係，同時卻也得美味可口才行。
（對了，記得在這附近……）
有家貓貓常去的店。
「兩位請跟我來一下。」
貓貓把兩人叫去。
「是怎麼啦？」
貓貓從大街走進小巷，一邊確定兩人有跟上，一邊走進更深處。這個區塊店家與民宅參半，有家招牌被燻黑了的店肆。店肆稱不上精緻漂亮，窄小的店裡有兩張桌子，店外頭擺了一張，又放著倒過來的大甕代替椅子。

「肚子會不會有點餓了？」

「可是離中午還早——」

說歸說，姚兒的表情顯得不太排斥，只是看到店裡生意清淡而有些卻步。

「到了中午就會人擠人了，早點來吃比較好。」

貓貓探頭往店裡看看。一股暖暖的熱氣飄了過來。

「大娘，有在做生意嗎？」

「有啊。」

店裡深處傳來了聲音。一位年過四十的大娘慢吞吞地探頭出來。

「哎喲，賣藥的，真難得看到妳這麼早來。」

「想說趁人擠人之前提早吃了。」

大娘會特地去煙花巷光顧她的藥舖。她以前苦於病痛時得到阿爹的幫助，後來就成了老主顧。

「替我們上三份。有什麼就吃什麼，但不要油膩的。」

「好。不過真難得看到妳跟老阿爹以外的人一起來呢。」

大娘看看姚兒與燕燕，臉上笑嘻嘻的。

「妳別管了，幫我們上菜吧。」

貓貓板起了臉，坐到代替椅子的大甕上。

「貓貓，怎麼忽然就說要吃飯？」

「先別問了，妳們坐。」

兩人雖一臉狐疑，但還是坐下了。大娘立刻就把吃的端來，有一鍋粥與幾樣菜。貓貓盛了粥，端給兩人。

「那我就不客氣了……」

禮數周到的姚兒行了一禮後拿起湯匙。店裡不是很乾淨，讓她伸手時顯得有點害怕。

「這是芋頭粥嗎？」

燕燕用湯匙舀了粥。薯芋化開的粥裡漂浮著芝麻。她吃了一口，立時睜大了眼睛。

「……芋頭會是這種味道？」

想必是甜得讓她吃了一驚。

「是甘藷。」

是羅半的親爹栽種的薯芋。這種來自南方的薯芋本來並不常見，但大娘的店裡似乎從綠青館收購了甘藷入菜。

「真好吃。」

姚兒把湯匙送進嘴裡。貓貓得意地咧嘴一笑。

「如果是甘藷與芝麻，姚兒姑娘一定也愛吃。還有，我想也可以摻點麥子？」

添加的少許鹽巴不多不少剛剛好。嫌味道淡的話，加些海帶絲（昆布）調整味道就行了。

「也請嚐嚐看這個。」

貓貓把勾芡的燉豆腐端給兩人。

「真是美味。」

燕燕不甘心地說了。她對自己的廚藝有自信，所以吃到美味的菜餚一定很不服輸。

「調味很夠，卻不會太鹹呢。」

「我用了薑蒜提味，而且用鹹蛋代替佐料。」

大娘做了說明。

鹹蛋就是用鹽醃製成的蛋，同時扮演佐料與配菜的角色。

「勾芡用的是葛根，它能暖身，可以改善手腳冰冷喔。」

葛根也可當作生藥使用。

「這道菜是怎麼做的？」

燕燕眼露渴切的強光，把烤魚端向大娘。

「我用香草與少許的酥（奶油）替它增添風味。雖然妳們說不要太油的東西，但我想加一點應該不要緊。」

大娘摸著側腹部說了。

「大娘有病在身，不能吃太鹹的東西。可是，她很會煮一些既清淡又美味的菜餚。」

「哎喲喲，貓貓。妳講話怎麼變得這麼有禮貌呀。」

大娘又在笑嘻嘻的了。

「喏，這是牛乳。如果怕配料的味道太重，就喝這個吧。」

「牛、牛乳……」

有些地區並不習慣攝取這種食材。

「我把它熱過了，又加了蜂蜜，應該很順口才對。既然是貓貓的**朋友**，我可得大方招待一下才行。」

大娘強調「朋友」二字。

「哎喲，好了啦。還有沒有其他配菜？」

貓貓把大娘推回店裡，一副嫌她煩的態度。看來大家都以為貓貓沒朋友。之前她在綠青館跟小姐們聊起常在後宮一起混的女孩兒，結果她們驚得目瞪口呆。白鈴小姐更是誇張到拿手絹擦眼淚。

（真的很沒禮貌。）

貓貓也是有朋友的。至少有過兩個——雖說其中一個此生無緣再見，不過另一個不知道過得好不好。

（不知道小蘭現在在哪兒幹活？）

貓貓想起那個曾為後宮宮女的健談姑娘。

她似乎在京城裡的某戶人家幹活，但不曾聽說細節。她捎來過幾次字跡稚拙的信，卻總是沒寫到她住哪裡。想回信都沒法子。

貓貓一邊想東想西，一邊夾菜。

姚兒似乎很喜歡這種粥的調味，一個勁地吃；燕燕則正在研究調味下了什麼工夫。

「吃過飯後，要不要去脂粉舖看看？」

假如先去買食材，就得提著一堆東西走路。雖然去得晚了可能會買不到好東西，不過會降價倒也不錯。

「真沒想到貓貓會對脂粉懂這麼多。」

「家裡做的買賣會讓我接觸到各種東西。」

貓貓在經營藥舖時，曾經為怕傷疤難看的客人準備摻了顏料的白粉，後來在壬氏的喬裝打扮派上了用場。

「離這兒近嗎？」

燕燕一邊用隨身攜帶的筆墨把烹飪方式記下來，一邊問了。

「要走點路，但不算太遠。還有回程可以順道去個地方嗎？」

貓貓舉起裝了圍棋書的布包。

「妳還真的要賣啊？」

燕燕傻眼地看她。

「不然太占地方了。」

貓貓的決心並未改變。

吃過飯後，貓貓她們又折回大街。京城名妓使用的白粉一樣配得上好人家的姑娘使用，因此店肆也位於頭等地段。

「很好吃的，要不要來一串？」

攤販小叔拿著串燒招攬客人。雞肉滴著雞汁，在炭火上烤著。用不著招攬客人，香噴噴的味道自然引來了許多客人購買。要不是才剛吃過飯，貓貓她們肯定也買了。

「怎麼覺得市集的氣氛跟之前不一樣了？」

姚兒不解地東張西望。不諳世事的千金小姐似乎漸漸習慣了上街買東西。

「因為店肆會隨著季節產生變化。還有，舶來品也多起來了。」

有色彩華麗的紡織品、飾品，以及——

「這可是自西方購得的葡萄酒喔——別的地方買不到這種好貨。歡迎來試喝喔。」

一名商人從酒桶倒了滿滿一杯紅色汁液給客人看。貓貓搖搖晃晃地差點被吸引過去，但被燕燕揪住了頸根。

「就喝一杯不行嗎？」

貓貓抬頭看燕燕的臉。

「小姐不能喝，所以請妳忍耐。」

「我不介意呀。」

「喝醉了就不能一起去買東西了。」

姚兒如今連酒也不能喝了。不過她好像本來就不碰酒，所以不成問題。

貓貓遺憾地頹然垂肩，走回原路。試喝葡萄酒的客人立刻就買了。貓貓雖然酒也愛喝不甜的，但偶爾來點水果酒也不錯。

（說是舶來品，不知是真是假？）

可能最多不過就是取自西方吧。然而，貓貓在西都喝到的葡萄酒有如瓊漿玉液。如果能喝到跟那一樣的味道就太美妙了。只是希望別在長途運送的過程中走味就好。

（不知道晚點有沒有那工夫買點回去？）

貓貓一邊感到依依不捨，一邊跟她們走過攤販前面。

綠青館愛用的脂粉舖雖比其他店家小，但布置得令年輕姑娘光看都心動。店門口貼著仕女圖，各類脂粉擺設得高貴脫俗，讓人從店外頭就能瞧見。

一名路過的女子往店裡瞄了一眼，猶豫著要不要進去。店主不會出聲招攬。高級店肆用不著攬客，客人都是想買才會上門的。

「我姑且問一下，妳們準備了多少錢？」

「只要能買到好的，多少錢我都出！」

燕燕用力握緊拳頭。

（不，光靠薪俸買不起吧。）

她們的薪俸應該跟貓貓一樣，因此怎麼想都會超支。不知姚兒排斥的那個叔父是否有給她錢？

「歡迎光臨。」

一位大娘語調嫻雅地出聲招呼她們。應該是店主了。

畢竟是賣脂粉的店家，店主也沒忘記化妝。她肌膚白皙，唇上點了一點胭脂。頭髮插著樸素的簪子，但仔細一瞧會發現是漆藝髮簪。只有指甲塗成了大紅色，與白皙肌膚相映成趣。

（既然是老鴇光顧的店，肯定沒錯。）

煙花巷的娼妓必須隨時引領風潮，統領眾娼妓的老鴇自然也不例外。店主笑咪咪的，但沒有要靠近過來的樣子。貓貓她們若有任何疑問，店主應該都會回答。

「那麼，就從白粉看起吧。」

姚兒站到放有白粉的櫃子前面。白粉種類豐富，以原料分門別類。有些似乎摻了顏料，從純白粉末到混合少許膚色的都有。

雖然分類得清楚整潔，但有一排架子上什麼也沒擺。

「不好意思，是否有商品售罄了？」

燕燕向店主問道。

「噢，那個是……」

店主來到櫃子的前面，一股輕柔的精油芳香隨之而來。店主的體態曲線較不明顯，但肌膚白皙使得她看起來有種飄逸美。

「這一排的一些商品說是原料有毒而禁賣了。這種妝粉擦起來親膚無瑕，所以賣得很好，真是可惜了。」

（一整個記憶猶新。）

看來毒白粉事件並不只局限於後宮之內，竟然連後宮之外都做了取締。要說雷厲風行是沒錯，但對生意人來說想必吃不消。

「少了好多種呢。」

「是呀，幸好我們店裡還有其他商品。但有些店家似乎還在賣毒白粉呢。」

（可想而知。）

那種妝粉可融化服貼於肌膚，擦起來白皙透亮。記得材料用的是鉛白。這種材料不像植物原料會腐壞且能大量生產，因此比較易於入手。

即使阿爹再怎麼提醒，還是有很多娼妓不肯停用。如同水晶宮的侍女繼續替梨花妃擦白粉，上哪都能找到不聽勸的傻子。

（不，與其說傻——）

也許對一些人而言，某些事情比健康或性命更重要。

賣妝粉的人也差不多，沒錢就沒飯吃，沒飯吃就得等死。想必有些人為了自己求生存，寧可減損他人的壽命而不當一回事。那些販賣毒白粉的商人如今也有可能流落街頭。當然，有很多人會因為製作白粉就弄壞身體，貓貓覺得還是不做的好。

（這個也是——）

貓貓拿起了一盒白粉。

「這是輕粉嗎？」
這又是一種阿爹不建議使用的白粉，是以用來治療梅毒的水銀為材料製成的粉末。
「是。託各位的福，現在是這個賣得最好。」
本來這也應該受到限制。但如果說這也有毒，那也有毒，一次禁止太多反而會導致劣質商品在市面上流通。只能另尋機會慢慢請官府做限制了。
「貓貓，妳覺得哪種比較好？」
燕燕跟姚兒一起把白粉擺出來。添加輕粉的白粉已經剔除在外了。
「米粉與滑石是吧？」
兩者似乎都摻入了其他成分，但沒詳細寫出來。
「可以讓我試用一點嗎？」
「請隨意。」
貓貓跟店主問過一聲後，用棉花把白粉抹在手背上。她檢查一下親膚程度，又聞了聞味道。兩種都不錯，應該說品質相當好，也許與玉葉后使用的妝粉相比也毫不遜色。
「如何？」
由於燕燕這樣問，貓貓瞥了店主一眼。
「誠實無欺的意見對我們也有幫助，還請有話直說。」

不只商品，連店主都是好性情，難怪老鴇會跟這家店買。

「我認為兩者的品質都很好，粉末很細，與肌膚很服貼。只是米粉有個地方讓我在意。」

「什麼地方？」

「米粉會腐壞。這容器的量很大，在多雨時節恐怕用不到一半就會發霉了。裡面也許摻入了防腐藥，但不知道成分是什麼，令人不安。」

既然是姚兒要用的，再怎麼注意安全都不嫌多。

「滑石不會腐壞，也沒聽說有什麼毒性。這一種應該比較好用。」

滑石具有利水消腫之效，有時會混合豬苓也就是地烏桃入藥。至少在貓貓調製藥方的時候從沒產生過什麼副作用。

（也許還是有，但不知道何時才能查明。）

貓貓沒辦法照顧得那麼面面俱到。

「那就買滑石了？」

「不，兩者都讓我擔心其他包含的成分。要是裡面含有傷身的成分就沒意義了。」

聽到這種雞蛋裡挑骨頭的說法，店主的一邊眉毛略為往下降。

燕燕陷入沉思。姚兒似乎將白粉交給燕燕來挑，自己在看裝在螺貝裡的螺子黛。

「……那麼，這樣如何？」

店主從店裡後頭拿了個陶器來。容量大約是原本架上容器的一半。

「這裡頭除了米粉，只摻入了植物成分。我都是請人用吃進嘴裡不會傷身的材料來製作。這個大小的話是否用得完呢？姑娘若是能自備容器，我可以為您裝粉。當然，容器的錢會扣除。」

（這個老闆娘有一套。）

在回應顧客需求的同時，還趁機拉攏常客。

「您推薦這一款嗎？」

「是。我也有在使用，真的很親膚好用。」

的確只要看看店主的肌膚，就更能看出是好東西。只是有件事讓貓貓在意。

「燕燕，買米粉就行了吧？」

姚兒轉回來對燕燕說了。

「小姐說得是。就算想自己做好了，要磨得這麼細恐怕很難。」

燕燕似乎想過自己做更安全，但術業有專攻。店主恐怕不會連製造的學問與技藝都傳授給她。

「那麼請幫我包一份白粉——」

她們正想出聲呼喚店主時，一名年輕姑娘從店裡後頭走了出來。

「娘！」

「我正在招呼客人呢。」

店主的臉當場垮了下來。但女兒對貓貓她們行過一禮後，就開始跟店主講悄悄話，看來似乎是急事。女兒講的悄悄話讓店主頓時變了表情。

「真對不起，我離開一下。」

店主把客人交給女兒招呼，自己到後頭去了。

（是碰上了什麼麻煩嗎？）

雖然好奇，但外人不便插嘴。她們請女兒把白粉包了算錢。燕燕收下了零錢，然而錢幣沾到了白粉。

「啊！真對不起。」

女兒急忙把沾到白粉的錢幣換掉。仔細一看，女兒的指尖被白粉弄髒了，換回來的新錢幣也弄髒了，連白粉的包裝也弄得一片白。

「啊啊！真對不起，真對不起！」

看到女兒賠罪，「不要緊的。」姚兒回答。

「妳方才在驗貨嗎？」

貓貓看著她的指尖說了。右手的三根指頭是髒的，感覺像是用指尖捻起白粉確認觸感造成的。

「姑娘真是好眼力。」

「然後，妳發現不對勁，就立刻來告訴妳娘了。」

「……」

女兒的表情不打自招。

「莫非是白粉裡混入了怪東西？」

燕燕追問道。精心挑選了個半天，要是含有雜質就全白費了。

「是什麼東西？」

燕燕把臉逼近過去。

「燕燕。」

姚兒攔下了燕燕。

女兒已經快哭出來了。

「真、真對不起。最近有新的販子來做生意，說是把訂製的東西送來了，但我摸起來總覺得不對，就問他是不是摻了什麼進去，結果他叫我別血口噴人。我好害怕，所以就跑來找娘……」

（是販子不老實，還是只是一場誤會？）

貓貓只聽到女兒的說法，聽起來不免像是販子的錯。

店主還沒回來，不知是不是談不出個結果。

「娘說她不想把有問題的商品賣給客人。今天送來的白粉跟以往的配方相同，所以一摸就知道了。可是今天來的那人卻說我沒證據，不肯回去。」

（嗯……）

貓貓雙臂抱胸。

燕燕非常擔心白粉裡有摻雜其他成分，個性認真的姚兒則是氣得眼角直豎。

雖說米粉這種東西，觸感會隨著使用環境而大幅改變……

（這下不能撒手不管了。）

「抱歉，打擾一下。」

貓貓打開通往後頭出入口的門，只見店主與販子在遠處互瞪。兩人之間放了一個大甕。

「就說我是照著妳們給我的配方做了，一點不差好嗎？妳說清楚哪裡不一樣了？」

販子小叔講得口沫橫飛。他嘴巴張得很大，所以可以看到前牙掉了幾顆。

「就是不一樣。我看你有加東西吧？我摸得出來。」

店主抬頭挺胸地說。

「我說了，摸起來的觸感根本是妳們無故找碴。米粉只要天氣一潮溼，摸起來當然就不一樣啦。」

雙方各說各話，得不出個結論。

「不好意思，我看你們似乎談不出結論。」

「啊！客人，妳跑到這種地方來，會讓我很困擾的。」

店主看著貓貓，略有微詞地說。口氣很柔和但眼神不苟言笑。

「抱歉，我們正在談事情，可以請妳迴避嗎？」

販子也委婉地請貓貓離開。貓貓不以為意，探頭看看兩人之間的甕。裡頭裝了滿滿的白粉。甕裡有匙子，她舀起了粉末。

「妳這是做什麼呀！」

貓貓摸摸粉末。

「是米粉呢。莫非跟我們要買的是同一種粉？」

「不是，最近米粉漲價得有些厲害——所以我請了別家販子做同一個配方。」

店主含糊其辭地說。

（米粉大漲啊。）

現在正值新米上市的時節，但看來收穫量還是比往年差了些。

這粉摸得出來是米粉，色澤也跟方才的白粉相差無幾，顆粒細緻。但摸摸看，會覺得與方才的粉末在觸感上有些許差異。

「姑娘妳也來評評理。我家的白粉是好東西，是這個貪婪嘴硬的店主亂挑毛病，想扣我的錢。」

「誰跟你亂挑毛病了？我們店裡的方針就是只賣能讓客人安心使用的東西。要接觸到肌膚的東西本來就得細心注意。」

兩邊聽起來都有理。的確，摸起來的觸感會隨著天氣而千變萬化。今天的天氣不是很好，也許溼氣比平時重了點。

「不把這問題弄明白，我也不敢買。」

燕燕也來插嘴。畢竟是姚兒要使用的白粉，眼光特別挑剔。

「那就來確認一下如何？」

「確認？」

其他人對貓貓的提議做出了反應。

「這種白粉用的，是人吃了也不會傷身的植物材料對吧。那就——」

來吃吃看吧。她說。

「妳說吃粉？」

「生吃會吃壞肚子。不如和水做成薄餅好了。」
「喂，這樣妳就分得清楚？」
「我對自己的舌頭有自信。」
試毒鍛鍊出來的功夫可不是假的。
「為了安全起見我還是問一下，這裡頭沒放蕎麥粉吧？」
貓貓向店主與販子做確認。
「只有玉米，再來就是麥子。」
那就沒問題了。原來這淡淡的黃色是玉米的顏色。
「哪兒有容器與水，還有鍋子與火？」
「呃，出了店後面是正屋，請妳用那兒的爐灶吧。」
店主的女兒回答。想必是因為在充滿白粉的地方用火可能發生爆炸。
「知道了。還有，有沒有葉菜與雞肉？」
「妳先克制點吧。」
燕燕立刻打了貓貓的後腦杓一下。她只不過是覺得既然要吃，就想弄得好吃一點罷了。
貓貓拿起裝了粉的甕，前往店肆的後面。

結果就只做出了美味的薄餅。

「如果可以奢侈點，希望可以稍微增加玉米的比例。若是再來點細蔥絲與羊肉就沒得挑剔了。」

「貓貓，妳這不是吃了白粉的感想。」

燕燕撕開薄餅用眼睛檢查。搞不好心裡在想「晚膳做薄餅也不錯」。

「小姐，既然貓貓說沒問題了，當成白粉來擦應該不用擔心。」

「欸，妳們倆弄得大家都傻住了啦。」

姚兒用白眼瞪她們。

「我打從一開始不就說了？妳說我亂加東西進去，但我是照這份配方做的，哪有亂加什麼東西。」

販子小叔把寫著材料的木簡摔在桌上。

「……」

店主與店主的女兒似乎都有話想說，但無言以對。看來是不能接受。

「要不要吃吃看？味道吃起來的確沒問題。」

「……可是……」

「可是摸起來不一樣，對吧。」

貓貓抓住了店主的手。指尖沾了白粉，塗紅的指甲上也沾到了。

「那麼換個方式想如何？」

「這是做什麼？」

貓貓用指腹擦掉店主塗的指甲，指甲上有白色條紋。貓貓一直對她的指甲感到在意。

「也就是說亂加東西的，其實是以前做生意的販子。」

大娘的臉色頓時發白。

攝取到毒物時，常常會顯現在指甲上。砒毒亦然，鉛毒亦然。

「有些地方會販賣其他店肆禁賣的毒白粉。或許也有些販子會欺騙店家，兜售這種白粉。例如摻入品質不安定的白粉當中，使其具有一定的品質。」

中毒的症狀，會因為摻雜了其他成分而變得不明顯。但是像店主這樣每日濃妝豔抹的人，還是會出現症狀。

「您最近有沒有出現貧血、食慾不振、腸胃不適或是手指痙攣等症狀？」

店主的妝容底下不知是何種膚色。光看表情，就能知道貓貓問題的答案。

「那麼，這個——」

燕燕看看剛買的白粉。貓貓拿起這盒白粉，打開盒蓋。

「要不要再烤一份薄餅看看？用這種白粉？」

真想看看會烤出什麼東西來。

走出店肆時，外頭天色已經暗了。厚重的雲層開始落淚，淋溼了地面。

「哇啊，這下豈不是得淋溼了？」

姚兒一臉傻眼。

「奴婢早有準備了。」

燕燕不知從哪裡拿出了傘來。

「怎麼不記得妳有帶傘？」

貓貓一問，燕燕拍拍背後店家的招牌。

「因為看樣子要下雨了，所以我請店主女兒幫忙買了來。收點賠償金不為過吧。」

「什麼時候做的啊？應該說竟然收賠償金……」

雖然店家沒有惡意，但的確販賣了成分傷身的白粉，她們也買了。她們把從店裡買來的白粉和水一煎之下，做出了明顯異於一開始那種薄餅的東西。

「我是覺得已經收得夠多了……」

燕燕手裡拿著販子送來的安全新白粉，還多收了護膚的芳香精油。這種白粉雖然安全到可以食用，但不太親膚。因此她們決定與精油調合成水白粉使用。

「不，要是弄壞小姐的身子就糟了。」

「這話妳去跟貓貓說吧，叫她別亂吃東西。」

姚兒一臉傻眼地看看貓貓。貓貓方才想吃用毒白粉做的薄餅，被她從背後架住阻止了。

「我馬上就會吐出來的，不會怎樣。只是想試試味道罷了。」

「……妳這股熱情究竟是哪來的？」

姚兒嘆了口氣。

「小姐，還是趁雨勢變大之前把東西買了吧。方才耗費了太多工夫。」

燕燕打開傘，讓姚兒躲到傘下，然後也給了貓貓一把傘。只請人準備兩把傘，真像是燕燕的個性。一把傘讓兩個人撐，身體就得挨在一起。

「這個時候只有鐘樓附近還在賣菜。我想應該都還沒收攤。」

鐘樓位於京城的中心，能擊鐘報時。那塊地方格外熱鬧，店肆也較晚打烊。

「傍晚的鐘聲也該響了——」

貓貓話還沒說完，陰暗的天空忽然變得亮白，同時也聽見了宏亮的「轟——」一聲。

「咦！怎、怎麼了？」

姚兒起了反應，東張西望。就在這剎那間，一陣激烈的聲響隨著鐘聲而來。

「！」

姚兒嘴巴一張一合地抱住燕燕。燕燕也沒閒著，趁著這天賜良機緊緊抱住了姚兒。

「打雷了呢，好大一聲喔。」

貓貓眺望天空。大顆雨滴落在臉頰上。

「小姐，您沒事吧？」

「我、我沒事。」

姚兒嘴上這樣說，臉色卻一片鐵青。

「雷雲這麼近的話可能很快就會下大雨了。早點把東西買完吧。」

「妳、妳說得對。快點買一買吧。」

姚兒心驚膽跳地望著天空，卻仍在虛張聲勢。燕燕繼續與她依偎著，用關愛的眼神看著她。

看來燕燕雖擔心姚兒，但也在欣賞她害怕的模樣。還是一樣有病。

（今天看來是別想賣掉它了。）

貓貓瞥了一眼內有圍棋教本的布包，隨即跟著兩人走去。

三話　風潮

壬氏的書房呈現一如平素的景象：大量堆積的文書、排隊等候的文官、不知來自何處想偷窺壬氏容顏的女官。雖然堪稱忙亂，但比起前一陣子的繁忙，現在這已經算是告一段落了。

平時已經日理萬機，自從鄰國砂歐的巫女蒞臨之後更是加倍地忙。後來朝廷請來巫女參加國宴，途中發生了毒殺騷動，導致壬氏必須通宵達旦地忙著善後。

結果整件事只是巫女等人演的一場戲。但這又是另一個大問題，讓他頭痛不已。

巫女一命尚存，目前待在前上級嬪妃阿多的宮殿。她那個地方在許多事情上變得活像是救濟尼寺，真讓壬氏過意不去。

但是關於巫女死去的善後事宜，只能由包括壬氏在內的少數幾人去處理。

有的官員危言聳聽地說砂歐可能會以此為大義名分攻打我國，但絕無此事。砂歐朝廷以貿易為主要收入來源，想發動戰爭必須要有夠強的後盾。反倒是巫女這個眼中釘消失了，還讓他們大呼痛快。

因此砂歐的提議，與事前的預料大致相同。

也就是要求放寬關稅，特別是降低糧食的稅率。

壬氏早就料到他們不會老實說國內缺糧。砂歐的前巫女十分了解砂歐的國王與官員。根據對方的性情與政治判斷來想，這種應對方式在預料之內。

事情一如預期讓壬氏感覺白緊張了一場，但國交問題並不會因此就輕易解決。

結果幾日前壬氏忙到案牘勞形，連現在這堆積如山的文書都像是喘口氣的機會。

「壬總管，請過目。」

馬閃拿了一堆新的文書過來。這還是已經分類過，減少一半的了。

「不能再減少一半嗎？」

「恐怕有點困難。」

文書的印章幾乎全是高官蓋的。負責分類的文官們無法輕視高官蓋印的文書，因此再無聊的文案一樣會送到壬氏手上。

壬氏邊嘆氣邊蓋印。

其間，一名負責分類的文官站了起來，頻頻偷瞄壬氏。過去壬氏的茶遭人下毒時，跟他在一起的就是這名文官。原本調來這個人才只是為了暫時接替養傷的馬閃，但執行公務的能力優秀，於是就這麼把他留了下來。本人顯得很想早日回到原本的部門，但壬氏這邊萬年人手不足，絲毫無意放手。

「何事？」

馬閃代替壬氏問道。文官肩膀一震。

「沒、沒有，沒事……」

嘴上說沒事，整個人卻顯得坐立不安。這時壬氏才想到，他從幾日前就顯得不大對勁。

莫非是……壬氏瞇起眼睛。

「真的沒事嗎？從實招來。」

馬閃逼近文官。最近壬氏身邊時常發生危險，兼任侍衛的馬閃情緒尤其緊繃，生怕有個萬一的話後悔莫及。

「噫、噫咿！」

文官臉孔抽搐，邊發抖邊把手探入懷裡。馬閃立刻把文官壓倒在地。

馬閃懷疑他是藏了武器，因此下手毫不客氣。

「誰派你來的？」

馬閃抓住文官的手腕。藏在懷裡的東西結果是一張紙。壬氏抓起那張紙片。

「馬閃，放了他吧。」

壬氏看了這張紙片，呼地嘆了口氣。

「原來是為了這個坐不住啊。」

「啊？」

那是什麼東西？馬閃偏頭不解。

「痛痛痛。請、請放開我。」

馬閃把文官放了，看看壬氏拿著的紙片。

「這種東西……」

「不知道是什麼時候做出來的，但還真是面面俱到啊。」

紙片上寫著有人要出書，日期是今天，說是會在京城裡的書肆開賣。

「……下、下官太想要那本書了。因為書這種東西要是售罄，就不知道買不買得到了。」

文官半哭喪著臉，摩娑著右臂。馬閃變得滿臉愧疚。

書籍是一種昂貴物品，除非實在搶手，否則不會再增刷。一旦售罄，就只能等舊書拿出來賣了。

「可是，既然特地印成了單子做宣傳，量應該準備得不少吧？」

既然是刷印的單子，想必準備了相當多的張數。為了回本，書自然會印得更多。

「……這、這很難說。況且應該會很搶手。」

「這個作者有如此受尊崇？」

壬氏把紙片從頭到尾看過一遍。不過竟然採用了印成單子發給廣大群眾的新奇方式，真是令人佩服。究竟是誰……

「！」

看到不該看的名字了。壬氏大感後悔。

馬閃一臉不解地湊過來看。

「呃，是漢太尉嗎？」

壬氏也看看書名，點點頭。

「漢」並非什麼稀奇的姓。但後面加上「太尉」此一職稱之人，在這社稷當中僅有一人。

「漢　羅漢」。通稱怪人軍師。

「我姑且問一下，這紙是誰給你的？」

「下、下官在戶部有個朋友，與太尉的兒子認識。這是他們幾個友人之間傳遞的，也給了下官一張。」

戶部即為掌理財政的部門。

是羅半。既然羅半與此事相關，那麼出書也不會是軍師閣下的一時興起，想必是正式編纂的書籍。
「……竟然是圍棋書啊。」
這讓壬氏想起之前曾有所耳聞，說是軍師閣下吵著要編圍棋書。
萬萬沒想到事情會演變得這麼大。
以壬氏來說，他樂見軍師閣下幫助書本普及。關於造紙以及刷印事業，壬氏也著手做了一些。
但意外的是，竟連這樣個性認真的文官都想要軍師閣下的著作。
「我從不知道軍師閣下還善於文筆。」
「文筆不重要。下官耳聞那位大人的文辭光是要解讀就得費一番工夫。但是聽說書中會收錄漢太尉至今下過的圍棋棋譜，絕對不容錯過！」
文官方才明明還哭喪著臉，現在又滔滔不絕起來了，還不動聲色地貶低了一下羅漢。據說有些人一提到喜愛的事物就會無法自拔，看來對他來說就是圍棋了。
「我對圍棋涉獵不深，不知道漢太尉棋藝竟如此高超？」
馬閃一副著實不解的神情。
「豈止高超，在這社稷之中能贏過太尉的就只有當今聖上的棋師。」
皇帝的棋師是棋聖。換言之，就是社稷當中圍棋技藝最高超之人。

壬氏也請棋師指導過幾次，記不得最後賜教時棋師讓了幾子。

「漢太尉的走法著實難以預測，完全猜不中他的下一步。能得知他的棋譜，對於嗜弈者而言可是求之不得的啊。」

文官握緊拳頭，兩眼發亮。馬閃把人壓倒的內疚也減輕了些，鬆了口氣。

「不過，原來太尉終究仍是凡人，也有他圍棋贏不過的對手啊。」

馬閃對軍師閣下的看法也相當毒辣。雖然毒辣卻是事實，壬氏聽了也同意。

「侍衛說這是什麼話？下官的意思是就圍棋而論，目前是棋師六勝四敗略占上風。棋師專精此業，相較之下漢太尉好歹另有本業。」

「……」

「還有，下起將棋，國內無人能贏過他。」

「……」

還是不該把他當人看。

「知道了。馬閃，錢袋你有帶著嗎？」

「咦！有。」

馬閃從懷裡拿出錢袋。壬氏把錢袋放到文官手上。文官慌張地輪流看著壬氏與馬閃。

「馬閃驚擾到你了。雖然不多，你就收下吧。」

「呃，不，這、這怎麼行……更何況這是馬侍衛的——」

很不巧，這並非馬閃的錢袋。他只是替壬氏管錢，以備不時之需罷了。壬氏不太清楚行情，不過以撫慰金而論應該夠了。

「還有，你右手應該很痛吧。當差就當到這裡，去你想去的書肆吧。這些錢該夠你買書了。」

「呃，不，太多了。下官不能收這麼多錢。」

這傢伙太老實了。乖乖收下不就沒事了？

既然如此，就換個說法吧。

「你在說什麼？不是只買一本，我的也要。還有剩錢的話，就替馬閃也買一本。好了，快去，否則不是要售罄了？還是說我還得付你車馬錢？」

「不，不敢。是，下官這就去！」

文官急忙離開書房。

壬氏等聽不見跑走的腳步聲後，呼了口氣。

「馬閃，不容分說就把人壓在地上不太好吧？」

「這，屬下也並非有意……」

馬閃顯得很歉疚。

「好吧，也罷。沒折斷他的手，就表示你已經控制過力道了。」

想到馬閃本身的蠻力，文官的骨頭就算粉碎骨折也不奇怪。就認同他已經有所進步了吧。

「壬總管，屬下對圍棋並不感興趣啊。」

馬閃是在問為什麼要替自己也買一本。

「這有什麼，學起來總是不吃虧啊。待字閨中的黃花閨女多少也會下點圍棋。就算跟娶進門的妻子沒話聊，下個圍棋總能增進點感情吧。」

他促狹地說。沒想到馬閃頓時羞紅了臉。

「這，沒有的事。對、對方她——」

馬閃結結巴巴了半天後不說話了。「是怎麼了？」壬氏偏著頭回到公案前，不禁開始後悔。

堆積如山的文書還多得是。現在想把幫忙的文官叫回來也不成了。

數日後，宮廷裡的每個角落，都迴盪著擺棋子的丁丁聲。

壬氏在走向書房的路上，發現武官們在哨站下圍棋。

「蔚為風潮呢。」

「是啊。」

壬氏回答馬閃的話。

是什麼引起了這股風潮，不用說也知道，就是怪人軍師的著作。壬氏手上也有六本。

至於為什麼不只是託文官買來的一本，而是六本——

『這是別人送的，不嫌棄的話請收下。』

藥舖姑娘貓貓附上一封短箋，送了這些書來。至於說到為什麼會送來，其實並非出於善意，雖然教人傷心但事實如此，八成是在清倉。那個姑娘不可能去買怪人軍師的著作，反正一定是軍師硬寄了一堆給她。有時壬氏真想問她還記不記得日前那句話的意思。

貓貓是怪人軍師的女兒。本人似乎不願認羅漢這個父親，但連壬氏來看都覺得的確是父女。

她光看到父親就討厭，一定很不想把那些禮物留在手邊。

壬氏不會覺得給文官的錢白給了，但他用不到六本同樣的書。馬閃已經有了，他想或許可以試著贈送給高順、皇上與阿多看看。

理由或許就這麼單純，也或許不是。藥舖姑娘個性難對付又精明，最好當作她還有其他心思。

壬氏一面想，一面不禁開始考慮是否有法子可以說動貓貓。他必須預先做好重重準備，讓她無路可逃。壬氏想當個言出必行的男人。

半路上又被女官們遠遠偷看，壬氏就這麼抵達了書房。

書房門口站著一名官員。他一注意到壬氏就開始慌張，往壬氏走來。

「怎麼了？」

馬閃代替壬氏做應對。

「恕下官失禮，大人請看……」

官員把一份文書悄悄遞過來。馬閃打開文書，眉毛跳了一下。

壬氏一看見文書，便面無表情地走進書房。

「把災情一一稟告上來。」

「是！」

官員回去了。一有新的消息，他們應該會再派信使過來。

走進書房後，壬氏長嘆一口氣。

「終於來了啊。」

文書的內容十分簡潔。

就是「蝗災來襲」。

小規模的害蟲災害已經有幾件呈報上來。壬氏也看過了文書，只是都不是他該直接插手管的問題，於是便交給部下去做。

目前災情還不嚴重。不過……

「收成低於三成啊。」

這是嚴重的損失。一聽說地點在西邊的產糧地，壬氏的耳朵抖了一下。

「以麥子的收穫時期而言不會太慢了嗎？」

「並非麥子，是稻米。該地在大約二十年前，就開始進行大規模灌溉嘗試種稻。反過來說，由於四周只有收成前的稻子，因此僅有部分地區被啃食，未與麥子的收割期重複堪稱幸運。」

一名愛好圍棋的文官回答了壬氏的問題。這名男子單名一個靜字，相當優秀，只可惜略嫌膽小。

「也就是說從大河引水了？」

這讓壬氏想起，他聽說過在大約二十年前，自己剛出生不久時，朝廷曾經主持過大規模的治水工程，看來似乎也同時進行了引水工程。

「是。有部分地區做了此種嘗試。從收成來說雖然比麥子穩定，但範圍太廣會影響到下流水域，於是取消了進一步的擴充。」

靜在地圖上畫出一個大圈。

二十年前是女皇當政。那位女中豪傑曾將許多出人意表的想法納入政策，並付諸實行。

壬氏看看畫圈的地圖。那裡離京城不近也不遠，有個四五天應該就能來回。

案上文書堆積如山。壬氏輪流看看隨侍左右的馬閃與神色不安的靜。他並不想讓公務愈積愈多，卻也不能把憂心的問題擱著不管。

壬氏很想發出呻吟，但憋住了。

「……下、下官有一言。」

靜怯怯地舉手。

「怎麼了？」

壬氏盡可能維持住表情，看向了靜。

「恕、恕下官冒昧。但竊以為月君似乎太過事必躬親。」

「我自己很清楚。然而又能怎麼做？總不能交給其他人去做吧。」

聽到壬氏這麼說，靜露出有些內疚的神情。

「這、這話有點難以啟齒……」

靜的眼睛看向別處，卻仍繼續說：

「但其他官員有時會把事情交給部下……」

「竟有人這樣營私舞弊！」
馬閃往公案上一拍。「噫咿！」靜渾身發抖。
「什麼人敢這樣做？你知道是誰吧？」
由於馬閃開始咄咄逼問，壬氏委婉地制止他。
「馬閃，你嚇著他了。不過，還是請你至少告訴我是誰在做這種事。」
壬氏對靜的說話口氣雖然柔和，但一樣不容拒絕。
「呃，這……是漢太尉。」
的確，若是軍師閣下可以理解。可是靜的臉上浮現著敷衍搪塞的表情。
「我看還有其他人吧？」
壬氏一把臉逼近過去，靜的臉頰頓時飛紅。他以為挑選的人都沒有那方面喜好，看來把臉湊太近還是不行。壬氏摸摸臉上的傷。
「皇、皇上也會……」
「……」
壬氏與馬閃只能住口了。
「這、這樣夠了吧？」
靜臉孔低垂，像是希望他們快快走開。但馬閃似乎還是不滿意。

「你說誰能為皇上代勞？」

他鼻孔噴著大氣逼問——

「是、是高侍衛！」

「……」

這下又只能住口了。

「當然，印璽全是皇上一起蓋的。只、只是，只要能多一個人居中整理文書，竊以為呈給月君的文書可以減少到三分之一。但凡給那人相應的職位，在裁量權上應該不成問題才是。」

聽到三分之一讓壬氏不禁動心。然而國家大事不能交給隨便一個心思不明的官員裁決。

壬氏看看馬閃。

既然高順都做了，若是兒子馬閃也能代勞該有多好。但很遺憾地，這名男子不是做文書公務的料。他做事仔細卻認真過度且不知變通，公務只會愈處理愈多。

想要一個家世好又夠忠心能幫助壬氏處理公務，而且心思靈巧能處理公務的部下，難道是一種奢求嗎？

「壬總管。」

「怎麼了？」

「屬下知道有一人擅長文書公務。」

聽到馬閃如此說，壬氏睜大眼睛。

「此話當真？你怎麼會有機會結識文官？」

「不，屬下認識一個。此人是去年考中科舉的進士，然而目前未任官職。」

「……莫非是……」

壬氏想到了一名人物。

「是，正是馬良。我說良哥哥您就知道了吧。」

馬良，看名字就知道，正是馬字族人之一，馬閃的哥哥。

四話　馬家姊弟

馬良是高順之子，馬閃之兄。

此人雖出身於武人輩出的馬字一族，本人的才華卻全偏向了文武之中的文才。本來壬氏的貼身侍衛應該是哥哥馬良來當，然而高順很明白馬良的天性。高順沒讓馬良胡亂習劍，而是讓他讀書。據說這個活動起筋骨來比豆芽菜還柔弱的男子，就這麼如魚得水地開始勤勉向學。

而在去年，他初次參加四年一度的科舉就考中了。無論講得如何客氣，馬良著實是不可多得的文官人才。不過據說這個才華出眾的男子，竟沒能謀得一官半職。

理由只要看他此時的狀況，就不需多解釋了。

「真是佩服。」

日日堆積如山的文書，已減少到能看見對面的高度。

壬氏放心地呼一口氣，看看在房間一隅默默處理公務的人物。

由於那裡從入口看不見，用屏風擋著，因此來訪者不會看到那裡有人。那人似乎更希望可以被牆壁四面包圍，但馬閃說不能那麼誇張，沒讓他如願。說到這個躲在屏風後頭的人是誰——

「壬總管……」

男人拿著整堆文書過來，個頭中等消瘦，膚色有些蒼白。說不健康看起來是不大健康，卻跟一旁的精壯健兒馬閃只有一張臉長得像，很有意思。個頭大概比馬閃矮個一寸，駝背使他看起來更矮一點。若不是馬閃生了張娃娃臉，怕會認不出誰是哥哥。

此人名叫馬良，是比馬閃大一歲的哥哥，也是高順的兒子。

馬字一族代代武官輩出。皇族侍衛大多由馬字一族擔任，如同高順隨側護衛皇上，馬閃護衛壬氏。本來馬良應該會成為壬氏的侍衛，他是高順的次子兼長男。但像他這樣面黃肌瘦的人擔當不了侍衛之職。

馬良雖領受了「馬」字，但翌年出生的弟弟馬閃也獲得了代表家族的一字。

「真快，已經弄好了？」

「是。壬總管是擺飾，所以事情處理得完。」

「……什麼意思？」

以對話來說似乎省略了太多句子，壬氏不解其意。但這時一名人物迅速現身。

「馬良是這麼說的。」

一名高挑而眼神剽悍的美女站在那裡，動作快到就連壬氏一時之間都沒看出她是從哪兒冒出來的，無聲無息地在壬氏等人面前現身。馬良渾身抖了一下。

「『由於壬總管就像擺飾一樣好看，美得已經不像活人。因此縱然是不善與人相處的我，也能把壬總管當成活人以外的生物平心靜氣地相處，使我得以潛心於公務』。」

「……」

聽到這種話該怎麼面對？對方還不動聲色地沒把他當人看。好吧，其實這名男子從以前就是如此。

代為翻譯馬良發言的銳眼美女，是馬良與馬閃這對兄弟的姊姊，名喚麻美。別看她這樣，已經是兩個孩子的娘了。馬閃他們長得像父親高順，但麻美是像母親。再加上母親曾為壬氏的奶娘，讓壬氏不禁有些怕她。

性情也像了母親。聽說她性子潑辣，連丈夫都怕這個妻子。父親高順在數年前還被麻美當成毛蟲般厭棄。他說現在好多了，比較像飛蛾。

話雖如此，壬氏應付不了獨自來當差的馬良，恐怕只有麻美能制得住他。馬良儘管在科舉以優秀成績及第，卻因為體弱多病加上思維異於常人而放棄了職位。他不擅長重新建立人際關係，總是在不知不覺間引來反感，還沒融入職場就先被同僚或上司惡整，結果患了胃病。

能力是優秀，性格卻有缺陷。

就某種意味而論相當近似於羅字一族，但該家族的成員心志都莫名強悍，反而是身邊的人在胃痛。壬氏甚至羨慕起他們的那種厚臉皮來。不用到一半之多，若能把那種不在乎旁人眼光的性格分他個十分之一該有多好。

他正在嘆氣時，馬閃把分類過的文書放到公案上。

壬氏檢查一下拿到的文書。

「……」

壬氏檢查過其中一份文書，蹙起了眉頭。這是以前壬氏傳給其他部門的稟議書，內文寫著不可。這不知道是第幾次了。

「果然還是不行啊。」

「還是不行嗎？」

「時期不對。若是明年的話或許還可行。」

「因為明年有武科舉，是吧。」

「對，上頭寫著等武科舉舉行。」

什麼問題不行？原來是關於招兵買馬的事。壬氏提議在北部勵兵秣馬，但果不其然被否決了。武科舉是選拔武官用的科舉，規模不如科舉來得大，卻仍會有眾多勇士前來應試，並獲選為武官。

　　這數年來，軍部規模傾向於縮編。理由有二：一是天下太平無事，二是軍方高官的人員有問題，主要是指兩個頂頭上司。

「漢太尉與魯大司馬對吧。」

大司馬是主掌武事的最高官吏。太尉則是三公之一，與大司馬同為軍職。

「漢太尉究竟是怎麼當上太尉的？」

壬氏才想問呢。只是，他聽說過許多奇妙的傳聞。

說是羅漢把政敵全數打垮，結果上頭就沒人了。

說是受到先帝之母女皇的鍾愛，得以飛黃騰達。

說是皇上於先帝駕崩後，事先四處排除了覬覦皇位的外戚。

「坦白講，我不太清楚。」

只是，他能猜到本人是如何獲得權力的。因為過去貓貓曾一臉厭惡地談過羅漢的事。

說他必須擁有權力，才能得到一樣東西。

羅漢這名男子為了得到想要的東西不擇手段，但絕非貪得無厭的男子。

「身為軍人，怎麼不更貪心一點？」

如果羅漢是那種企圖藉著大義名分增加手裡棋子的男人，事情就好解決了。

但羅漢只要有棋戲、家人與甜食就滿足了。
他本是個無欲無求的男子，卻因為行動力過強而讓旁人深受其擾。
「或許可以試著直接找漢太尉商量——」
「那樣反而會受到更多阻礙。」
「……」
羅漢嫌棄壬氏，理由自不待言。他偶爾會來到書房妨礙公務，吃著糕餅把文書弄髒然後揚長而去。
壬氏知道他最近為何比較少來。他是往尚藥局去了。很容易就能想像到貓貓那一臉的排斥神情。
「那麼是否該找魯大司馬談談？」
一般官員無法輕易與大司馬這般高官談話。但壬氏是皇弟，馬閃似乎以為大司馬會願意聽壬氏說話。不過他太天真了。
「你忘了魯閣下是哪個陣營的了？」
大司馬之所以能有今日的地位，是因為當今聖上的一句話。而為何當今聖上如此推崇魯公——
「你以為母后……不，皇太后會准嗎？」

當今聖上與壬氏雖年齡相差許多，卻是同母兄弟。皇太后在進入後宮時本為宮女，後來受到先帝寵幸才成為嬪妃。據說當時後宮滿是想要皇太后性命的人。由於先帝的兄弟盡皆死於瘟疫，當今聖上也就是壬氏之兄自然就成了東宮。

當時似乎有眾多官員為了在權力鬥爭中分一杯羹而向皇太后進獻了許多禮物，但魯公早在她還是宮女時就已經對她多加照應。

當時的皇太后年齡至多十歲。她成了先帝的寵妃，雖是宮女，有時卻能離開後宮。據說魯公時常擔任她的侍衛。

看到這個身子骨兒小得還不適合妊娠的宮女，不知魯公作何感想？聽說當時還有其他侍衛，但得到這般提拔的僅只魯公一人。

魯公贏得了皇太后的信賴，同時卻也應該感到內疚，無法違背皇太后的命令。皇太后為人過於慈善，原已日漸縮小的奴隸制度之所以會完全撤廢，她的意願影響甚鉅。她還在後宮伸出援手，幫助那些成了先帝妾室而再也無法離開後宮的宮女。

然而，她的善意有時會成為弊害。

皇太后厭惡戰事。她從不會大聲主張，但會影響到皇上與大司馬。

皇上是個明理人，壬氏也早已與他談過。然而稟議之所以通不過，正表示皇帝並非專制君主。文書若無法送到皇上面前便不能蓋印。

假若壬氏擔任的是軍職或許還談得攏。但他長年在後宮扮演假宦官，極少接觸祭祀之外的皇弟公務。朝廷為了壬氏的官職問題大概是傷透了腦筋，結果賦予了他一個太保地位。這是個虛職，本來是自官場退隱者才會獲得此一頭銜。

壬氏身為皇弟，因此也有人認為該任宰相。可是壬氏太年輕加上有人更該成為宰相，於是此事便不了了之。假如虛職真的無事一身輕的話還好，無奈總有繁多雜亂的文書飛進書房，每日把他忙得不可開交，簡直把他錯當成了打雜的。

「你們從方才講到現在，似乎總是在繞圈子呢。」

麻美插嘴了。她幫壬氏換掉變涼的茶。

「姊姊，政事這門學問是很精微的。」

「真想不到馬閃你嘴裡會說出精微兩個字。」

麻美有點挖苦地說。馬閃無言以對，在那裡癟著嘴。這名男子雖然性情衝動，但似乎還明白自己絕對贏不過姊姊。

「簡而言之，只要能讓對方答應你們的要求就成了吧。」

「要有妳說的那麼簡單，我也不用辛苦了。」

壬氏也不高興麻美跑來插嘴。她的職責不過只是輔佐壬氏等人，可無權對國事插嘴。

「我也知道沒那麼簡單，但我認為謀事在人。」

麻美不知有什麼想法，往屏風後頭的馬良那邊走去。屏風後頭傳出「阿姊……」「啊！不能擅自……」「真是……」等馬良的說話聲。不光是馬閃，馬良也不敢違逆這位姊姊。

麻美回來時，手裡拿著那本圍棋書。其實不用特地從弟弟那邊拿，壬氏公案的抽屜裡就有一堆了。

「您知道這是什麼嗎？」

她抽出夾在書裡的紙片。本以為是之前看過的書本宣傳單，但內容不一樣。

「圍棋大賽？」

「正是。」

上頭寫著要舉辦圍棋大賽。

「我的書裡怎麼什麼也沒夾？」

貓貓送他的書沒有是不奇怪，但文官靜買來的書也同樣沒有。

「壬總管是直接去購得的嗎？」

「不，我差人去買的。」

「啊——那麼，那人也許是擔心壬總管會反對吧。」

麻美用食指指出大賽簡介。上頭寫著預定於年底舉辦，欲參賽者必須支付十枚銅錢。此外——

壬氏揉了揉眼睛。大賽賽場寫著宮廷內的教場。

「……」

張開的嘴巴都合不攏了。

「濫用職權竟到如此地步？」

馬閃也一臉傻眼。

「都說國內人口有百分之一嗜弈。京城及周圍境內有八十萬人口，假設有八千名弈客好了，不知有多少人會參賽？」

麻美的解釋聽起來像是出考題。

用不著買書，三五好友之間聊著聊著就會把事情傳出去了。十枚銅錢就連孩童存零用金都付得起。壬氏不知道這書有多普及，又無從得知對圍棋感興趣的正確人數，不敢想像會有多少人前來參賽。

「想在民間舉辦的話，場地會受限。主要的廣場都有市集，想必很難取得許可。工商會有他們獨特的運作方式，縱然是高官也得以義行事，不得恣意而為。」

「但在宮中舉辦也不是個辦法吧？」

「是呀，我想主辦應該也不情願吧。畢竟沒多少參賽者能進宮。假若能在民間給他包個像樣的賽場，他一定會舉雙手歡呼的。」

麻美用指尖敲了敲它，就像在說「從這點下手」。

「……原來如此。」

壬氏看看成堆的文書。

「是，人家什麼事動不動就塞給您，我想您偶爾也可以動用一下職權。」

麻美剽悍地瞇起眼睛。

「看來我身邊聰明不好惹的女子還真不少。」

「錯了。」

麻美出言否定。

「是只有聰明不好惹的女子才能接近您。」

根本不是在謙虛。壬氏與馬閃面面相覷，不禁傻眼。

他必須收回前言，麻美對政事的運作方式可清楚了。

五話 底牌

要亮底牌就得趁早。

壬氏在麻美一句話的推動下，來到了羅漢書房的門前。前一天他已經差人來告知登門造訪之事，但坦白講還是不確定對方在不在。

他一面心想「反正一定不在」，一面走進去——

「叨擾了。」

「皇弟閣下有何貴幹？」

結果怪人軍師正躺在一張臥榻上，小口啜飲葫蘆的內容物。不管怎麼看都是在休息。但書記官過來把文書放到公案上，又把官印塞進羅漢手裡。

羅漢叫了壬氏一聲皇弟閣下，不過應該是因為事前差人通知才會知道是他。據貓貓所言，怪人軍師似乎相當不會認人長相。

假如壬氏也像他這麼混，肯定會被馬閃念個沒完。還有，實在希望他別拿月餅當文鎮，文書會沾到圓形油漬。這次跟隨的侍衛不是馬閃，因為他怎麼想都覺得馬閃應付不了怪人軍師。但馬閃又不讓他一個人來。

另外還有一人跟來，就是麻美。羅漢瞥了一眼侍衛與麻美，然後將視線轉回壬氏身上。

可想而知羅漢必定很討厭壬氏。

「好了，站著不方便說話，請找把椅子坐吧。喂，怎麼不給客人上點心？」

講話內容很正常，卻拿起葫蘆倒了一杯喝過的果子露給壬氏。難道他忘了以前直接對嘴喝，結果弄到食物中毒的事？

副手急忙把飲料換下。

「閣下有何貴幹？」

單片眼鏡矯揉造作地摸摸參差不齊的鬍子。

「您似乎在籌辦一場有趣的賽事，無奈舉辦地點不佳。」

壬氏晃晃夾在圍棋書裡的紙張，放到桌上。

「竟然說要在宮廷內的教場舉行，您取得許可了嗎？」

「那件事啊。」

羅漢調離目光，嘔氣似的噘起嘴唇。

「我好歹是管事的，要抱怨也該是魯爺來抱怨。這事應該不歸皇弟閣下管吧？」

只差沒說「關你屁事，滾一邊去」。

壬氏保持笑容。笑也是白笑，別人的臉看在他眼裡只像是擺好的圍棋棋子。壬氏唯一有自信的武器對他全然不管用。然而對這廝的副手卻十分有效，他紅著臉低下頭去。

「性情一板一眼的皇弟閣下或許不明白。自從西方使者歸國之後，大家都想找樂子想瘋了。」

「想瘋了？流通的商品不是比以前多嗎？」

聽說街市增加了許多稀奇玩意兒，熱鬧非凡。

「哈哈，或許確實是如此。可是，在舉辦過盛大的慶典之後，大家的胃口都被養大了，舌頭或眼睛都是，想尋找更有趣的事物。但無論市面上販賣多稀奇的玩意兒，沒錢就享受不起，畢竟最近稅金也慢慢提高了點嘛。哎，雖說只提高了一點兒，但我聽說農村地方的稅率比較高喔。其他還有個奇妙的法令，說是鼓勵食蟲？我實在是不樂意吃蟲，難道皇弟閣下喜愛此味？」

「……」

「圍棋這種娛樂只要有棋子就能玩，用來給人民消愁解悶不是挺好的嗎？」

真是戳中了痛處，身為實際嚐過乾瘦飛蝗的人，要問可不可口的話，答案是後者。

提高稅金也是為了預防百穀短缺。結果只有增稅相關提案輕易就通過了，真令人無言。

要是馬閃人在這裡，恐怕已經衝向羅漢了。沒帶他來是正確的。

壬氏吸一口氣後，維持著笑容開口：

「看來羅漢閣下是誤會了。」

壬氏手指滑過圍棋大賽的概要，停在「舉辦場地」的文字上。

「我有意見的不是圍棋大賽，是舉辦場地。」

「但是，那閣下要我在哪兒舉辦？我朋友不多，可沒門路能說服民間的那些商賈喔。」

壬氏知道。他甚至懷疑此人根本一個朋友也沒有。然而現在不用問這個。

「此處如何？」

壬氏遞出一張紙，紙上寫著「白鐘戲樓」。

此處正是以前白娘娘表演過奇術的戲場，自從白娘娘被捕後戲場就暫時封閉，直至今日未曾開放。這裡位置好，面朝大街，沒有比這裡更好的場地了。

白娘娘案不知為何交給了壬氏處理。接了那麼多雜七雜八的公務，總算有機會派上用場了。

麻美告訴壬氏的底牌正是白鐘戲樓。她說戲場不能一直關閉下去。戲場主人光是被懷疑與白娘娘狼狽為奸，就已經受了夠重的懲罰。

當然，官員當中有人因為白娘娘而中了藥毒，不能一句「我只是出借場地，其他毫不知情」就結束了。死腦筋的馬閃反對麻美的意見，但伶牙俐齒的她用這套說法駁倒了馬閃：

「依法治罪不是施政的唯一作法吧。所謂的賢明之君，不就是能巧妙地從寬處置，讓底下的人任勞任怨，在不會引發民怨的範圍內適度搾取嗎？反正無論發生什麼事，賽事都是漢太尉在辦吧？而且只要派些武官在周圍走動，就能同時發揮牽制之效了不是？」

羅漢不管怎麼看都是個麻煩鬼，但廣納賢士。當日必定能找到人手。只要讓眾多武官在場地裡四處走動，旁人就不敢鬧事。

麻美若是男子，想必已經成為壬氏的能幹副手了。她聰明靈慧，且在出嫁之前長年練劍。不同於能力過度偏於一方的兩個弟弟，文武雙全。

聽了壬氏的提議，羅漢雖歪扭著臉孔，卻似乎有些感興趣。

「白鐘戲樓是吧？是個什麼樣的地方？」

羅漢向貼身官員詢問而非壬氏。壬氏以為這個場地還算有名，沒想到他不知道——

「這間戲樓位於京城北邊，就在住宅街附近。由於之前有個叫白娘娘的奇術師在那兒公開耍戲法，目前勒令關閉。」

「白娘娘？」

雖說貓貓也是不感興趣的事情就全不去記，但羅漢比她更離譜，竟連鬧得滿城風雨的白娘娘都不記得。

「就是之前陸孫兄、羅半大人跟貓貓小姐一起去看過的戲場。」

「啊！那個啊！」

羅漢用力拍了一下桌子，從躺著的臥榻上爬起來。他現在回想起來了，在那裡氣得發抖。大概是自己也想跟吧。

「可以讓我把話說完嗎？」

壬氏傻眼地看著羅漢。

羅漢老大不高興地坐回了榻上。

「白鐘戲樓以位置來說無可挑剔，場地也夠大。我想比起只能讓宮廷相關人等進入的教場，這裡要好得太多了。」

「……閣下能占到這種好地方？」

「能。此處目前暫時封閉，但我可以下令解除。不過，我認為比起忽然開始正常做生意，不如先讓能遏阻旁人之人主辦一場遊藝，所以才來找閣下商量。」

壬氏說的句句屬實。雖然沒撒謊，卻仍不禁出了一身冷汗。羅漢這名男子從不用外表判斷他人的任何部分。他雖有著無法辨別他人長相的短處，但也有其他長處。

就是擅長看穿他人的謊言。

羅漢想必正在試圖一窺壬氏多層皮相底下的部分。他一邊盯著壬氏的眼睛瞧，一邊摸著下巴。

「閣下有何目的？」
壬氏險些沒吞口口水，但忍住了。他吸一口氣，調整好心情。
「把那個拿來。」
麻美這才終於走上前來，將手裡的文書放到桌上。
「我想這原本應該是羅漢閣下該處理的文案，就給你送回來了。當然，我也把其他公務一一還給了其他官員。」
「……原來如此啊。」
羅漢一臉發自內心嫌麻煩的神情，看看文書。這些文書比方才羅漢幹勁缺缺地處理的文書多了至少三倍。今天壬氏讓麻美能拿多少就拿多少過來，但還有一些留在書房。
壬氏個性過度認真，所以總是想自己處理掉送來的文書。副手馬閃不擅長文書公務，嗜弈的文官靜則是從他處借來的書記官，沒事不會插嘴。直到馬良與麻美到來，他才終於開始把別人的公務送還回去。
「您沒想過我可能會拒收嗎，皇弟閣下？」
「數量也沒多到需要拒收吧。就算邊吃糕點邊打呵欠，這點數量一樣能在下午處理完畢。」
羅漢的貼身副手顯得很害怕。

壬氏的這種口氣完全是在挑釁。但是現在把姿勢放低，不會帶來好結果。

就算會惹惱羅漢，他仍然堅信羅漢會答應這個要求。

「白鐘戲樓以及周遭街道的一日使用權，閣下除了我以外還有誰能拜託？」

羅漢看看副手。

「假若把地點從教場換到戲樓，會有什麼不同？」

「參賽者應該會大幅增加。包括事前準備在內，當初預定的一天時辰會不夠用。或許也會有更多一般民眾與孩童參加。」

可憐的副手似乎連職務以外的差事都得幫忙。

「下官得跟羅半大人商量過才能給出明確數字，但包括賽場的準備在內最起碼需要三天才行得通。不只如此，由於不知道會有多少人參賽，因此也得重新考慮得準備多少棋盤，以及超出預定計畫的話是否該限制人數。」

方才明明還在害怕，現在卻又侃侃而談起來。

「我不想限制人數。我的目的就是盡量讓更多的人下圍棋。」

真沒想到羅漢會說這種話。壬氏本以為這個男人永遠只顧到自己——

『這次的義父可是稍稍有別於以往喔，因為那本圍棋書是義父與義母的回憶。』

壬氏事前找羅半談過，結果得到這個回答。首先舉辦圍棋大賽就不像是羅漢的個性。但聽過理由之後，壬氏便明白了。

貓貓的母親曾為娼妓，雖得到羅漢贖身，但大約在一年後就撒手人寰。據說羅漢著書是為了留下那位圍棋才女與自己的紀錄，舉辦大賽也是由此而來。

看來與平素的嬉戲取樂有所不同。

在壬氏陷入沉思時，羅漢的副手已寫出了粗略的日程表。

「竊以為用預付參賽費可享半價優待的方式，能夠掌握對賽事有興趣的人數。至於參賽費，只收五枚銅錢的話，即使是收入微薄者也能參加。下官也在考慮是否可以提供賞金給名列前茅者。」

貓貓之前告訴過壬氏一枚銅錢可以買一顆饅頭。

可能是講到擅長的學問了，副手已不再像方才那樣恐懼不安。壬氏原本覺得這個副手比起羅漢的前一名副手陸孫顯得較為中庸，不過這樣看來似乎並非凡才。

羅漢雙臂抱胸，看著變得堆積如山的文書。他心裡似乎仍有不滿，不過大概就差臨門一腳了。

「還有這個。」

麻美從旁插嘴。原來拿出的是名簿。至於是哪裡的名簿，上面好像寫滿了醫官的名字。

「假若要舉辦大型賽事，可能會發生一些騷動。除了衛士之外，竊以為也該安排嫻熟醫術之人。」

這種舉動以女官來說略嫌放肆，壬氏卻在心中豎起大拇指說：「幹得好（Good job）！」這個話題讓壬氏來講反而會惹怒對方，羅漢聽了卻兩眼發亮。羅漢心愛的女兒與叔父也名列其中。

「既、既然閣下都這樣求我了，我也不好拒絕嘛。」

壬氏費盡了力憋笑。終於讓這個總是害慘自己的傢伙妥協了。

雖然前進這一步沒啥大不了，但對壬氏而言是一大步。

壬氏正在深深感動時，被麻美戳了一下。她的眼神在告訴他「還不可大意」。

「那麼，細節我另擬文牘差人送來。」

「……嗯。」

羅漢雖然妥協了，但顯得不情不願，搖晃著喝光的葫蘆催促副手補充果子露。副手急忙從別處拿了個瓶子來，交給了羅漢。羅漢才喝一口就噴了出來。

「羅漢大人？」

「這什麼東西？」

「呃，不就是果子露嗎？」

副手擔憂地檢查了一下內容物。

「味道不太一樣。我看不是跟平常那家店買的吧。」

羅漢顯得很不高興。

「大、大人恕罪。這似乎是水果酒。」

副手急忙去倒水。

「那麼我告辭了。」

壬氏想趁表情還維持得住時離去，正要走出房間時，發現有別的來訪者在走廊上等候。

「啊，啊！月、月君……」

年輕文官慌張地低頭致意，手裡抱著極占空間的木簡。有些部門偏好使用木簡而非紙張。愈是莫名重視禮節的人愈愛使用木簡，不知道這是哪個部門？

「喏，拿來給我看看。」

羅漢從臥榻上起身，從年輕文官手中接過木簡，走向放在書房牆角的一張大桌子。桌上的地圖設置了像是棋子的東西。

羅漢邊看木簡，邊改變棋子的配置位置。

「大概就這樣了。」

「明、明白了。」

壬氏一邊側眼看著文官即刻抄下棋子的移動方式，一邊走出房間。

朝廷上下只知道怪人軍師此一渾名，但羅漢畢竟是茘國的軍師。那個男人動一下棋子，就是在調動幾百、幾千甚至是幾萬士兵。

不像壬氏雖貴為皇弟，卻只獲賜一個有名無實的官職。壬氏一邊喟嘆於自己的平庸，一邊思考一個凡人如何才能智取天才，奪得先機。

六話　雷鳴

某個秋日的下午，貓貓與阿爹偏頭不解。

「我看天要下雨了吧？」

阿爹從尚藥局的窗戶仰望天空。

「我看說成下紅雨還……比較合適？」

貓貓講話語氣一時太粗魯，急忙掩飾過去。旁邊還有其他醫官。姚兒與燕燕不在。醫佐女官能做的差事量如今變多了，也就變得更常分配到其他部門的差事。貓貓今日出差來到阿爹所在的尚藥局幫忙。

阿爹手裡拿著信函，這是某位人物下達的命令。問題就出在這人身上。

「原來那位大人也有在處理公務啊。」

旁邊一名年輕醫官不禁脫口而出。貓貓在擔任壬氏貼身侍女時就見過這名醫官。附帶一提，她到現在還是記不得人家的名字。

「他應該還是有在做事的。應該。」

阿爹的語氣比平時顯得沒把握。

「可是，漢太尉為何會找上漢醫官？」

換言之就是怪人軍師把差事派給了阿爹。文章看起來比較像是請求而非命令，但內容不符合他的性情。

「而且還要我來問案，我辦得到嗎？」

他請阿爹審訊幾名嫌犯。這本該是司法相關部門的差事，卻找上了醫官，總覺得不大對勁。

「這事本來應該要更保密才對吧……」

「好像是。」

阿爹肯定貓貓的疑問。審訊對象是三名武官，換言之就是要調查內部人員。

「要審訊的是什麼事？」

這年輕醫官看起來個性認真，原來還是會好奇。

「……你應該明白人家不太想聲張的原因吧。跟女子有關。」

「女、女子……」

情竇未開的醫官困窘地低下頭去。

（這又怎麼會找上阿爹？）

正在疑惑為何沒有其他適當人選時，她看到審訊對象的出身背景，偏了偏頭。

「這些人都同姓呢。」

荔國的主要姓氏只有數十種，同姓並不稀罕，但三人同姓就罕見了。

「他們是三兄弟。而且是三胞胎。」

「三胞胎？」

貓貓與年輕醫官偏了偏頭。

「三人當中有一人對某位女子出了手，女子狀告官府，卻不知道是三人中的哪一人下的手。女子有位任武官的家人，所以才會先由部門自行調查。但是——」

「但是？」

「三胞胎的父親是刑部高官，說不能查明是哪一個做的就不能問罪。不只如此，聽說幾個兒子仗著父親的權勢，尚有許多未經裁判的餘罪。」

（哇啊。）

貓貓表情不禁扭曲起來。

「一次審訊就得抓出犯人。也就是說不許失敗。」

難怪怪人軍師會拜託阿爹。雖不知道他怎麼會忽然開始做事，人選卻挑得沒錯。

阿爹可是聞一知十的天才。

翌日，阿爹立刻找三胞胎來問話。

「貓貓，妳可以跟我來把問話內容整理成文牘嗎？我希望有人在旁邊做見證。」

「……不行，那個怪傢伙可能會來。」

貓貓搖頭，表示不想跟怪人軍師同席。

「羅漢不會來的，妳放心。」

「那就可以。但怎麼跟姚兒姑娘她們說？」

貓貓偷瞄一眼。今天兩人跟貓貓在同個地方當差，貓貓不見會被發現。

「我已經跟兩人說過了。我跟姚兒說她不會速記幫不上忙，不讓她來。」

（我也不會啊……）

她差點說出口，但吞了回去。

亂講真話可能會讓姚兒堅持要跟。而燕燕絕不會讓小姐跟引發男女糾紛的嫌犯共處一室。

姚兒這人只要知道自己實力不足，即使不甘心仍然會虛心接受，因此保持沉默才是明智的選擇。

姚兒從方才就一直躲在柱子後頭，不甘心地看著貓貓。燕燕在她背後揮著白手絹，只差沒說「還不快走」。

「好啦，那就走吧。」

她只希望能早早完事打道回府。

人家為他們準備了軍部的議事堂。房間不寬不窄，大小比較像是審問房而不是議事堂。要審訊的內容是約莫五日前，三人當中是否有人對一名十四歲姑娘出了手。或許有人會說那姑娘不該輕易被容貌俊俏的男子騙去。不過那天突然下起雷雨，據說姑娘與侍從走散，被雷聲嚇壞了。

（就是我跟姚兒她們去買東西的那天啊。）

竟然花言巧語欺騙害怕打雷的姑娘，真想好好嚴懲這種人一頓。

（不可不可。）

得秉公處理才行。還不知道是三胞胎裡的哪個下的手，搞不好根本是對方演的一場戲。

「哦！你們來啦。」

一條熟悉的大型犬……更正，李白在房門前迎接他們。

「多多拜託了。」

阿爹恭敬地行禮。

「好，有什麼問題請立刻叫我。雖然房間裡另有一名書記官幫忙，但畢竟是文官嘛。」

李白拍了拍厚實的胸膛，性子還是一樣爽直。

「李大人怎麼會來？」

貓貓偏著頭詢問。

「上頭的命令啊。畢竟對方是那種人，要是惱羞成怒起來你們怎麼辦？得有個能打鬥的護衛跟著才行。所以嘍，我官階高於三胞胎又認識妳，就被挑中了。」

「原來如此。」

有道理。正確來說應該不是認識貓貓，而是人家知道他對貓貓沒興趣。

「況且偶爾做做這種差事，也可以調適心情。」

好漢咧嘴露齒而笑，腰上佩戴著官階不同於之前的流蘇。

「大人似乎是步步高升呢。」

「是啊。多虧於此，最近文書公務多了起來，身手都變遲鈍了。」

貓貓很想問他薪俸增加了多少，但太不知趣了，還是別問了吧。真不知道還要多久，李白才能贖走他心愛的綠青館白鈴。

「抱歉打斷你倆說話，可否讓我問幾個問題？」

阿爹看向李白。

「喔，真對不起。請說。」

「李君既與三胞胎認識，知不知道三人分別是什麼性情？」

聽阿爹這麼問，李白把手放在下巴上歪著頭。

「這個問題就難回答了。但我可以說，三個都是狡猾的傢伙。長得一個樣子，嗓音也很像。至於性情應該大同小異吧。我跟他們沒那麼長久的來往，分辨不出差異。第一次遇見他們的人絕對分辨不出誰是誰，所以聽說他們就利用這點到處玩弄年輕姑娘。偏偏又長得好看，愛作夢的年輕姑娘很容易就上當了。」

「哦。」

「所以，他們專挑不諳世事的年輕姑娘下手……又聽說連十二歲的小女娃都碰過。」

李白一副無法理解的神情。

（那種人死死算了。）

竟然連初潮來了沒都不知道的小娃兒都要碰，真教人傻眼。難怪被玷汙的姑娘很多只能自認倒楣。

阿爹點點頭。

「三胞胎感情好嗎？」

「不，我看並不好。」

李白一口否定。

「之前有次當差犯錯，上頭追究是三個人當中的哪個犯的錯，但他們都沒袒護犯錯的兄弟，反而還一副別危害到其他兄弟的態度。」

「他們三人是否有一同掩飾失敗？」

「您認為辦得到嗎？在羅……呃不，在單片眼鏡老傢伙的面前打馬虎眼？」

李白還記得之前貓貓說過的話，真是守信用。

怪人軍師基本上是個囊括世人所有糟糕要素的生物，卻只有圍棋、將棋與看人的眼光特別出色。

（幹嘛這次本人不親自上陣？）

她很想這麼說，但恐怕需要足夠的證據才能定罪。那個男人能揪出真凶，但憑的是直覺而沒有舉證的能力。

「那時候可有意思了。啊！這讓我想起了一件事。」

「什麼事？」

「我想三胞胎當中有兩個會說真話。他們雖然仗著親爹的權力恣意妄為，卻不會希望是自己受罰。因此只要自己沒犯錯就不會包庇兄弟，沒做虧心事的話應該也不會說謊。」

「這話可信嗎？」

阿爹瞇起眼睛做確認。

「我是可以請您相信我，但事情總是沒有絕對的嘛？總之以常態來說，您就當作他們不會為了袒護兄弟而說謊，讓自己陷入不利吧。」

「李君為人真是正直。」

阿爹瞇起眼睛，笑起來就像個老婦。

「是、是嗎？」

「謝了。那麼若是有個萬一，還請李君前來相助。」

阿爹如此說完，走進房間。

貓貓也隨後跟上。

房間裡另有一名貌似文官的男子。大概就是李白說過的書記官了。

書記官一注意到貓貓他們，就從椅子上起立行了一禮。

「他們應該就快到了。請坐。」

「有勞了。」

阿爹坐到椅子上。桌上放著一份文書。

（在威脅人嗎？）

內容寫著三胞胎的官職與家人的來頭。只差沒說「我們是受了怪人軍師的命令才勉強過來，但你沒那權力處罰我們」。

「好吧，來看看該怎麼辦吧。」

他們準備一次一人，向三胞胎分別問話。

總之第一人已經來了，得開始問話才行。

貓貓用墨水沾溼毛筆筆尖，準備把聽到的話盡量寫下。

○●○

這當中好像是有些誤會，我可什麼都沒做啊。

首先誰會對十四歲的小姑娘出手啊。憑什麼懷疑到我頭上來？

嗯？問我五天前人在哪裡？

當然是當完差之後，就到街上蹓躂去啦。不過是想喝一杯嘛，這有啥稀奇的？

我想喝點便宜的酒，於是就往南邊去了。那兒有家店在賣便宜又可口的葡萄酒。

我沒走到煙花巷，那裡不是喝酒的地方。更何況女人就是會這樣血口噴人，我可惹不起。

打雷？
喔，你說那場大雷啊。我記得很清楚啊，因為雷聲相當大。
好像是打在京城附近呢。先是天空一亮，半晌後就響起了好大的聲音，把我嚇了一跳。雨勢後來也變大了，我一直待在酒肆等到雨停。
問我那是啥時？
就在傍晚鐘聲響起的時候啊。首先天空一亮，接著鐘聲響起，隨後就是雷聲了嘛。
對，所以這事跟我無關。不然你去問酒肆老闆怎麼樣？
反正是兩個弟弟當中的一個幹的，隨便你怎麼處置。
不過呢，要是沒憑沒據地賴到我們當中的一個頭上，會有什麼後果自己清楚吧？

○●○

第一人是長男。如同事前聽說的，生了一張端正的臉。只是臉色很差，偶爾會陣陣抽搐，答話時拳頭握得緊緊的。此人嗜酒，不知是宿醉，還是因為緊張而使得身體不舒服。
但問題回答得清清楚楚，一副他哪裡知道誰是犯人的口氣。
貓貓火冒三丈，卻還是把內容寫了下來。

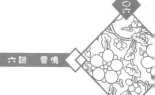

阿爹摸著下巴沉吟，在想事情。

其實不用貓貓或書記官做紀錄，阿爹一定也能一字不漏地默記下來。他就是如此優秀。

同一張臉接在長男之後進來，不過臉色很好。看看文書，知道接著來的是次男。看來是簡單好懂地依序過來。

○●○

真是給人平添麻煩。在我當差時把我叫來審問，如果我不是犯人，你們怎麼負責？

好吧，總之我是確定無罪，要問什麼就快點問一問放我回去吧。

不就是想知道五天前我人在哪裡嗎？我那時正好不當值，於是就去騎馬跑了一下。第二天還要當差所以沒過夜，傍晚就回來了。

咦？問我去了哪兒？離京城沒多遠啦，看起來天要下雨了，所以我很快就回來了。

我累了，所以一回到家就上床睡覺了。你知道我家在哪裡吧？只要知道我老子是誰的話。不，我看你不知道，否則不會這樣把我叫出來吧。

有沒有人能給我作證？

你這問題是白問，我家傭人說的話你又不會信。想也知道你會挑毛病說是我命令他們撒謊。

就是這麼回事。

我的房間在正房以外的廂房，所以八成沒人注意到我。

問我傍晚鐘響時在幹什麼？

喔，那個啊，就是打雷的時候嘛？後來雨下得好大，實在傷腦筋。

嚇了我一跳呢。先是天空在鐘聲傳來時一亮，然後響起了好激烈的雷聲。

敲鐘的人一定也嚇到了吧。畢竟站在那麼高的地方，難保不會被雷打到嘛。

很遺憾地，這好像只是我白操心了。

好了沒？

我要回去當差了。

還請你查清楚，到底是老哥還是弟弟幹的。

不過當然是不能搞錯的，所以你可得想清楚了。

○●○

又是挑釁的語氣。對方自始至終都掛著把人當傻子的笑臉。貓貓瞥到那人的掌心長繭。

既然是武官，練劍或是騎馬會長幾個繭並不奇怪。

貓貓半睜著眼，又把內容寫了下來。

阿爹再次一邊點頭，一邊轉動指尖。

她只希望能早早結束這場鬧劇。

阿爹開始審問第三人，也就是么子。

不用說又是同一張臉，貓貓看到有點膩了，但得忍耐。來者的身體狀況看起來不好也不壞，普普通通。

○●○

什麼嘛，我是最後一個？都怪老哥他們不肯早早認罪，害我得倒這個楣。

唉，可以趕快問完嗎？我今天已經沒差事了。

問我五天前人在哪裡？我整天都在當差。

對，雖然已經是散值的時辰了，但人家塞了個麻煩的差事給我。

竟然叫我去書庫拿書，不會叫文官去啊。唉，那個怪人軍師真是……啊，沒什麼，當我沒說。總之我就去拿了，但那兒正好有個挺標致的女官，我便忍不住跟她開心地聊了兩句。

對，可不是什麼十四歲的姑娘喔。名字與部門……呃，她說是什麼來著？我不記得了。

問我是哪裡的書庫？

是西面的書庫。武官可不會喜歡靠近那種地方。不過，就讓我對新的桃花緣心懷感激吧。

哎，總之搞了半天，散值時刻就過了。

對，傍晚敲鐘時我人應該在書庫。那時外頭天色已經暗了，下著滴滴答答的小雨。

我沒聽到鐘聲，但大概就是那個時候。

不過我有聽到雷聲喔。

我兩手捧著書簡，結果四下忽然一亮，嚇得我把書簡掉了滿地。

正要撿的時候，又傳來了像是地鳴的聲音。那聲音真的很大。

過了多久才蹲下？

我那時有點恍神，但最多也就四五秒吧。

我想早點走人了，回答這麼多夠了吧？

好，那我回去了。

○●○

三個人全都無藥可救。好歹也該有一個像話點吧。
貓貓把能寫的都寫下來，整個人累壞了。
只有阿爹一副了然於心的神情不住點頭。
書記官似乎還有事得做，已經開始謄清寫好的文牘。
貓貓對阿爹耳語，不讓書記官聽到。
「阿爹，你想清楚了嗎？」
「算是吧。線索大致上都齊備了吧？」
講得還真輕巧。
貓貓臉上浮現出問號。
她以為自己已經跟阿爹學到了很多，卻還有很多事情不懂。
不知這位老宦官的頭腦裡是什麼構造。
「好了，回去之後就來抽絲剝繭吧。」
阿爹用拐杖支撐著搖晃的身體，從椅子上站了起來。
在房門外，可以看到李白一副「可惜沒機會發揮一下」的神情。一定是想藉著正當理由，往那三個教人生氣的蠢貨臉上揍一拳吧。

一回到尚藥局，阿爹馬上說需要京城與周圍境內的地圖。
本以為要去書庫借來，幸好劉醫官立刻就拿了出來。
「別弄髒了。」
阿爹本來想在上頭寫字，一聽便悄悄藏起了毛筆。
他環顧四周尋找代替品，然後把用來壓藥包紙的各色小陶瓷偶拿了過來。
「這是要做什麼？」
姚兒與燕燕興味盎然地靠過來。
今天到了這時辰，兩人都已經散值了。劉醫官也不會管兩人在不當值時做什麼。
「我想來整理一下線索。妳們倆可以來幫忙嗎？」
由於阿爹講得有點像是寄予期待，於是姚兒把略帶紅霞的臉蛋扭到一邊，只差沒說「真拿您沒辦法」。依她的性子就是無法坦率地說「好」。
燕燕把小姐的這副模樣清晰刻劃在內心的畫布上，眼神非常嚇人。
「首先，一個擺在這裡。」
阿爹把紅色陶瓷放在京城中心地。
「這是？」

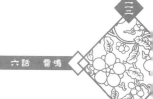

「那時這裡敲響了傍晚的鐘聲對吧？」

「確實是這裡沒錯。因為它的位置就是要讓全京城都聽得見。」

她們在那個打雷天正好經過附近，所以記得很清楚。

接著，阿爹擺上三個深藍色陶瓷。三個分別是圓形、三角形與四方形。

「圓形是長男說過自己所在的地點，三角形是次男說過的自家位置，然後三男說的西面書庫在這裡，所以是最後這個四方形。」

「也就是說按照說法，他們案發當時都在不同的地方了。」

「是了。而那位姑娘人在這裡。」

阿爹指著紅色陶瓷。正好就在商店林立的地方。

「這裡不就是……」

正好就離貓貓她們當時的位置不遠。

姚兒露出了複雜的神情。

「如果我們有看到那個害怕的姑娘，也不會鬧出這種事了。」

姚兒懊悔地垂首。

當時打雷下雨，視野不清。況且她們急著買完東西，沒有那多餘的注意力。

「過去的事沒有『如果』。至少我們得幫上忙，讓今後不再有姑娘受害。」

阿爹和善地說。

「三人都說沒人看見他們，但說詞都很可疑。您知道誰在說謊嗎？」

當著姚兒等人的面，貓貓講話時比較注意禮貌。

「知道。不過在那之前，不如先來彙整一下線索吧。」

阿爹看看貓貓她們三人。

「妳們都還記得五日前那場打雷嗎？」

「記得，聲音好大。」

「當時我們在外頭，把我嚇了一跳。」

「妳們說過那時人在鐘塔附近對吧。」

阿爹敲敲紅色陶瓷。

「而我聽說打雷的位置在京城的西北方。」

他把黃色陶瓷放在京城的城牆外頭。

貓貓她們眼睛直眨巴。目前還看不出他想做什麼。

「可否再問一件事？」

「請說。」

「妳們記得打雷的強光、聲音與傍晚的鐘聲順序嗎？」

燕燕霍地舉手回答阿爹的詢問。真稀奇。

「首先是天空發亮，同時傍晚的鐘聲響起，接著傳來了雷聲。」

「妳記得真清楚。」

阿爹大感佩服。

貓貓恍然大悟，知道燕燕的清晰記憶伴隨著姚兒驚慌地抱住她的觸感。

只有這個可能了。

（阿爹怎麼會問這個？）

貓貓看看地圖，確認陶瓷的位置。

（！）

貓貓確認一下方才寫下的內容。

她把長男、次男、三男的證詞各看過一遍。

「貓貓，怎麼了？」

「姑娘看看這個，有何感想？」

她把記述的文字指給姚兒看。主要是打雷的部分。

「……嗯？怎麼好像怪怪的？」

姚兒定睛確認長男的陳述。

「這樣順序不對。」

長男的陳述總結起來，就是「天空發亮後，傍晚鐘聲響起，然後傳來雷聲」。

「啊！這個也是。」

次男的陳述則是「鐘聲在天空發亮的同時響起，然後是激烈的雷聲」。

「好像只有這裡吻合。只是不知道傍晚的鐘聲是何時響起的。」

三男的陳述寫著「天空發亮後過了四五秒，傳來地鳴般的雷鳴」。

「意思是長男與次男在說謊嗎？」

「不，不是。」

貓貓否定姚兒的說法。

（原來如此，是這麼回事啊。）

貓貓看看阿爹。

阿爹維持著柔和的表情，似乎在看三人能否找到答案。

「其中至少有兩人說的是真話。」

前提是要相信李白的說法。乍看之下大型犬在此事上沒有表現機會，卻提供了十分有趣的線索。

三胞胎不會互相包庇。

從這點來想，除了對姑娘出手的那一人之外，其他人只要沒做虧心事就沒理由撒謊。
這樣想來——
「貓貓，請解釋給我們聽。」
燕燕問了。
貓貓悄悄看了一下阿爹。阿爹微笑著說：「妳就解釋看看吧。」
被他這樣說，貓貓可不想交出錯誤解答。她長嘆一口氣，在腦中整理出一個容易解釋的開端。
「姚兒姑娘與燕燕，妳們有法子知道打雷的地點遠近嗎？」
「聽聲音大小不就知道了？還有，如果天空發亮後立刻就有雷聲……」
姚兒基本上也是個聰慧的姑娘。只要給點提示，就會發現答案。
「意思是說，聲音聽見得愈早，就表示那人離打雷處愈近？」
阿爹點了個頭。
她們拿三人的陳述做比較。
姚兒皺起眉頭。
「我搞不太懂先後順序。雷鳴是沒問題，但鐘聲怎麼會有差距？」
不難理解她感到混亂的理由。

但是，貓貓是這麼想的。

「假如雷聲會隨著距離而有先後之別，同樣地鐘聲是否也會有遠近差異？」

若是如此，就能理解雷鳴與鐘聲為何順序顛倒了。

而套用這個道理，就只有一人的陳述不合理。

「就是次男了。假若前天打雷時他人在家裡，這話就矛盾了。」

燕燕用手指確認黃色、紅色與深藍色陶瓷的位置。

「雖只是大致上的距離，但人若是在家裡，幾乎同時看到雷光又聽到鐘聲就不合理了。」

大鐘的位置離次男宣稱待著的家很遠。而他聽到聲音的方式與貓貓她們幾乎相同。換言之，次男就在離貓貓她們不遠的地方。

「次男人在這裡。」

她把深藍色的三角形陶瓷放到紅色陶瓷旁邊。

也就是姑娘被三胞胎中的一人搭訕的地方。

「……」

貓貓她們三人看向阿爹。

阿爹是否從一開始就懷著這個目的，才會問那些問題？

（誰會想到聽聲音判別對方的位置啊。）

著實教人難以置信。

「好了，書記官的紀錄也有了，我去告知羅漢吧。」

阿爹費勁地站起來。

「……那麼厲害的人，怎麼會成了宦官？」

聽見姚兒不經意冒出的一句話，貓貓一面覺得心有同感，一面去攙扶不便於行的阿爹。

這位醫官實在是被低估了。

七話　遠征

乾燥的風吹拂壬氏的臉頰。

雖說也就幾天而已，但自從那趟西方之旅以來就沒像這樣遠行過了。他並不討厭讓馬車搖晃著眺望外頭風景，卻也有點想騎馬在草原上到處奔馳。

「這兒的事就請交給我們。暫代幾天職務不成問題的。」

在麻美自信十足的催促下，壬氏對馬良「啊！您要丟下我是吧？」的視線視若無睹，就這樣出發去視察了。目的地是一座發生了蝗災的村莊。

坐馬車顛簸了一天半。壬氏想盡早辦完事情，於是每到一座城鎮就換馬，也安排了輪替的車夫。即使如此，包括侍衛在內還是帶上了約莫十名部下。

以壬氏的身分立場而論，這個遠征人數略嫌少了些，但大陣仗會耗費更多時日。他想早點確認當地情形，於是硬是照自己的意願做了。

再加上為了圓滿解決事情，他在人才方面做了點任性要求。

「久坐會不會累？」

「怕孤累就讓孤騎馬。」

「不可。」

現在在他身邊的不是馬閃，是高順。馬閃騎馬，與其他侍衛同行。

雖然對馬閃過意不去，但目前還是高順較有能力輔佐壬氏。他是壬氏向皇上借來的。不過其中也含有對皇上讓高順幫忙做事，減輕自己政務負擔一事的報復意味。

「雖說有麻美跟著，不曉得馬良行不行？」

壬氏掛念馬良。

「那小子明明從以前身子就弱。不是聽說他患了病，在家裡調養？」

雖說是壬氏硬把他找來的，然而要是害他病情惡化，心裡還是會過意不去。

「說是病，其實就是往常那種毛病。」

高順拿橘子給壬氏吃。高順只吃了一口剝了皮的果子。壬氏不知道是不是連這種地方都需要試毒，但養成習慣可以減少企圖下毒的賊人。

「孤大致上是聽說了……」

壬氏偏著頭，把酸味仍然強烈的果子放進嘴裡。正適合拿來潤喉。

「是。好像是跟同個部門的上司不合，導致罹患了胃潰瘍。他在上司的公案上嘔了一大口血，就這麼被抬去尚藥局，辭去了官職。大約是三個月前的事吧。」

簡直太嚴重了。壬氏想起他從以前就不擅長與人交際，一遇上性情不合的人就會拉肚子。

也許是看出壬氏不安的表情了，高順補充說：

「有麻美在應該不要緊。況且自從孩子出生後，她的性子也比以前圓融多了。」

「有嗎？」

壬氏覺得她還是一樣潑辣。不過也是因為如此，才會想到把公務塞給怪人軍師這種主意。

「是，現在微臣只要先洗手再碰孫子，她就沒有怨言了。」

「……」

或許有女兒的父親都注定如此吧。高順長年以來被麻美當成蜚蠊（蟑螂）看待。

高順眼光飄遠，看向外頭。

「就在前面了。」

壬氏也往外望去，看見一座村莊孤零零地坐落在寧靜的田園風景裡。靠近之後就能清晰看見林立的樸質房舍。只有一棟宅第的規模特別大。

村莊入口有守衛，好奇地看著壬氏一行人。

「這就直接前往村長家如何？」

「不，在那之前先把李白叫來好嗎？」

李白是個氣質有些像狗的武官。他看到壬氏的長相從來沒有半點動搖，而且性格乾淨爽利，受到壬氏重用。這次又指名要他擔任侍衛。

「是。」

高順從車窗把李白叫來。雖然壬氏直接叫人比較快，但還是少拋頭露面為妙。他打算在外頭都要蒙面。

雖然這麼做會啟人疑竇，然而有高順出面，村長也就不會多問了。之前壬氏讓馬閃做過類似的事，當時真是捏了把冷汗。

「壬總管有何吩咐？」

李白身輕如燕地跳進行駛中的馬車。

這名男子認識宦官時代的壬氏，不會拐彎抹角地稱他為「月君」，都稱壬總管。

「記得你是外地出身的吧。看到這座村莊，你有何感想？」

「下官並非這地方的出身，有點難回答……」

李白窮於回答，但仍然四處張望一下。

「以農村來說，這裡的房舍蓋得堅固。看在達官貴人眼裡或許會嫌樸素，但建造得很紮實。只是受災似乎滿嚴重的。」

之所以看起來樸素，原來是因為柱子破爛異常。

「下官聽老頭子說過，飛蝗不只會吃光穀物，好像連家裡的柱子或衣服都會咬。」

真是飢不擇食。不只食，竟連衣與住都要跟人搶。

「根據呈報，如今似乎只剩下收穫後，儲藏在倉庫裡的穀物。其餘幾乎被啃食殆盡。」

高順念出呈報的文書。

「真是件令人頭疼的事。」

李白臉孔抽搐。

「但我得說，這個時期對這地方而言，或許還算幸運了。」

要是碰上麥子的收穫期，災情想必會更嚴重。或者如果往更南方的產稻重地走，情況就危急了。

「從這兒看不清楚，不過地上到處都是死蟲。畢竟事前先做了驅蟲準備，這種受災程度還算輕微的了。」

李白一面無奈地搖頭，一面嘆氣。儘管態度有些不敬，但這男人做事還算懂得分寸，壬氏決定不予計較。再說這樣壬氏的心情也比較輕鬆。高順或許也體察到壬氏的心情，沒說什麼。要是換成馬閃早就罵人了，會弄得有點麻煩。

「那麼下官告退。否則怕會被馬侍衛瞪。」

李白下車沒多久，馬車就停了，似乎已經抵達了村長的家。馬閃似乎不樂見壬氏重用李白。大狗般的男子早早就下了馬車。

壬氏也蒙起面，來到馬車外。

村長的家雖然柱子與房頂留下了蟲嚙痕跡，卻似乎仍算得上是幢大宅。看李白揶揄般的表情就知道了。

「與其說是宅子，倒不如說是府第呢。」

還刻意講了這麼一句。

府第周圍有水道，庭園中央挖了池塘。看起來雅致，然而沒有綠意，令人有種空虛之感。

以水田的水塘而論似乎過於雅致，但這就先不追究了。

壬氏站到高順背後。

村長搓揉著雙手，一面對高順低頭致意，一面頻頻偷瞄壬氏這個可疑的蒙面男子。

府第內部以農村村長而言，似乎也算夠氣派了。壬氏一邊隔著蒙面布傾聽李白的嘟噥，一邊做臆測。李白看似單純，其實心思細密。

「這邊請。」

村長領著一行人，來到擺下了宴席的房間。對於吃多了宮廷菜的壬氏而言，這些菜餚可說是粗茶淡飯，但以鄉間農村而論已經太奢侈了。

「……」

高順沒多看壬氏一眼，但應該明白主子想說什麼。

「我不是來赴宴的。立刻將村子裡的情形告訴我。」

「明、明白了。」

平素聽慣了高順恭敬有禮的口吻，這種高高在上的說話方式聽起來格外新鮮。他就連對貓貓說話都從不失禮數。

村長急忙叫傭人撤下膳食，把大案桌清空了。房間打掃得一塵不染，從窗戶可以看見庭園。這庭園或許是村長的得意之作，但可以看見滿地都是蟲屍。

村長把村莊簡圖拿了過來。

「開場白就免了，請直截了當、一五一十地道來。」

「是，那是半個月前的事了——」

村長開始說起。

說是半個月前，西北方的天空出現了烏雲。

他們心想又不是雨季，何以會有雨雲，觀察了一陣，卻聽見刺耳的聲音不斷逼近。在那天際憑空出現的烏雲原來是大群飛蝗。

大群飛蝗一抵達村莊，便把尚未收割的稻子亂啃一通。村人們手拿火把或網子去撲滅，但不管怎麼殺怎麼抓，飛蝗還是一樣多。豈止如此，飛蝗光啃稻子還不夠，連村人的衣履，甚至於頭髮、皮膚都咬。

男丁們一抓到飛蝗就燒掉，或是殺了。

婦孺躲進家中。女子殺死從屋舍縫隙鑽進來的蟲子，孩童躲在房間牆角發抖。

飛蝗的來襲持續了三天三夜。

「這是我當時穿的衣服。」

村長慢慢拿出一件衣服。耐穿的麻製衣服滿是破洞。由於衣服並未褪色，可以看出並非因為經年使用而變得破舊。

「我們做了殺蟲藥，然而面對那麼多的數量只是杯水車薪。」

看來用藥果然不夠。壬氏咬住嘴唇。

「還有，請看這個。」

村長走進庭園，摸了摸一根樹幹。

「原本茂密翠綠的樹葉都被吃光了。」

村長長嘆一口氣。

「那些蟲子……」

「能殺就殺，能燒就燒，死屍都堆在村子後頭。大人想看看嗎？」

雖然看了一定不舒服，但壬氏非看不可。

在村長的帶路下，他們前往府第的後頭。愈是靠近該處，蟲屍就愈多，他們邊走邊踩，發出壓爛東西的沙沙聲。

「……」

詳細情形就不描述了。就是挖了個大坑，一座黑山從坑裡露了出來。

侍衛當中似乎有人怕蟲子，摀著嘴忍著不嘔吐。

「這就是全部了？」

高順向村長做確認。

「能撲滅的就這些了。」

「你知道逃走了多少嗎？」

「實難判斷。」

高順摸摸下巴。

「馬閃。」

「在。」

被父親呼喚，馬閃倏地走上前來。

「你去附近其他村莊，問問受災的詳細情形。快馬加鞭的話兩刻鐘就回得來了吧。」

「遵命。」

馬閃即刻前去請教村人附近村莊的事。

壬氏在蒙面布底下讓眉毛時而上揚，時而下降。

「怎麼了嗎？」

高順悄悄向壬氏問道。

「沒有——」

壬氏此時是該做善後處理。但應該還有更重要的事得做。

假若那個藥舖瘋姑娘人在這裡，不曉得會怎麼做？

忽然間，壬氏蹲到了地上。

僵死的飛蝗腹部飽滿鼓脹。之前成群移動的飛蝗曾經變得色暗腳短。的確，這些飛蝗也呈現暗沉的顏色。

壬氏從懷裡拿出小刀。

「……」

沙的一聲，他把刀刃插進飛蝗的胴體。做這種事讓人不舒服，但貓貓如果在這裡一定會做。

他把飛蝗一隻隻肢解。

村人們用狐疑的眼光看著可疑的蒙面男子，但應該沒多餘心思去管他。

壬氏把飛蝗經過割解的胴體擺在一起。

「這是……」

高順似乎看出壬氏的目的了。

壬氏並不熟悉昆蟲的生態。但至少還能想像蟲腹裡裝了什麼。

膨脹的腹部塞滿了黃色的細長管狀物。

此時是秋季，秋季過了就是冬季。蟲子無法度過寒冬，會將生命託付給下一代。

「是蟲卵嗎？」

聽見高順呢喃般的聲音，壬氏低下頭去。

腹部鼓脹的飛蝗接著會如何行動？

「蝗災還沒結束。」

壬氏在蒙面布底下悄聲低語。

「我要焚地。」

必須將存活的蟲卵燒死才行。

春天是小麥的收成季，會為孵化的蟲子提供遍地的飼料。

八話　整人

在一個涼爽的秋日早晨，貓貓在尚藥局一如往常地當差時收到了包裹。若是禮物的話自然教人開心，東西卻讓人看了愉快不起來。

「妳該不會是被人欺負了吧？」

姚兒用平素少有的哀憐眼光看貓貓。她速速往後退，臉孔抽搐。

「倒也不是……」

會被這樣懷疑也不難理解。籠子裡裝滿了褐色的某種東西——大量的蟲屍。是飛蝗。

本來要搜集到這麼多應該是件難事。但既然東西擺在眼前，就表示有個地方能搜集到這麼多。

「因為是上頭拿來的我才擱在這兒，妳快拿走吧。」

年長的劉醫官神態冷淡地說。這位醫官在尚藥局裡地位崇高，不管對方是誰，態度都很嚴厲。

（我能拿去哪兒啊？）

她才不想拎著一整籠的飛蝗回去。偏偏她又能猜到是誰送來的，這下更不知該如何是好。

劉醫官似乎也明白她沒法子，於是招手說：「過來。」

「妳就用隔壁棟的空房間吧。這本來不歸我管的，但妳就帶幾個有空的人過去，趕快把事情辦完吧。」

看來這事的優先順序高於尚藥局的雜事。

貓貓心想，既然如此──

「咦！啊，妳做什麼？」

貓貓拉拉姚兒的衣袖。她端正的臉龐歪扭起來。

貓貓咧嘴一笑，帶著臉孔抽搐的姚兒前往放著蟲子的地方。

姚兒臉色發青，把蟲子放到秤子上。

燕燕紅著臉頰，觀察姚兒的反應。

貓貓默默地丈量飛蝗的腳或翅膀的長度。

「何、何時才能弄完啊……」

怕蟲子的姚兒用筷子戰戰兢兢地夾起牠放上秤盤。她們在秤盤上放十隻，以秤出平均重量。

「我想不需要全部量過，但數量是愈多愈好。」

貓貓丈量蟲子的大小，同時把顏色不同的蟲子分開來。

「小姐，受不了的話就換奴婢來吧。」

燕燕假裝關心地對姚兒這麼說——

「沒、沒事的。這、這也是，差事之一呀……」

卻反而引燃了姚兒不服輸的性情。當然，燕燕想必也是故意這麼說的。

「小姐……」

燕燕紅著臉，心裡小鹿亂撞，看著姚兒起滿一身雞皮疙瘩夾蟲子的模樣。

（真的有病。）

貓貓半睜著眼看著兩人，繼續做她的事。

當蟲子處理了大約三分之一時，來了個訪客。

「嗨。」

戴圓眼鏡的捲毛矮男人笑咪咪的。不用說，正是羅半。

貓貓板著臉繼續做事。羅半顯得毫不介懷，看著貓貓她們查出的數字。

「嗯——貓貓，可以跟哥哥說說這是什麼數字嗎？」

「……」

她充耳不聞。

「我把之前提過的酬勞帶來了，貓貓妳忘啦？」

羅半悄悄對她耳語。

貓貓瞄一眼姚兒與燕燕。姚兒沒注意到，燕燕注意到了但假裝渾然不覺。說的應該是瞞著她倆，對西都巫女進行的那場密查。雖然後因巫女的毒殺未遂案而不了了之，但看來羅半還記得。

貓貓終於停下了手邊工作。

「這是大約三百隻的數字。我們正在丈量牠們的腳與翅膀的長度、顏色、重量，同時數數雌蟲肚子裡有多少蛋。我想這些飛蝗是自遠方土地飛來的。」

「嗯嗯。」

羅半一邊翻閱紙張，一邊考慮某些事情。這些數字乍看之下不起眼又無趣，但數字對這小矮子而言卻比什麼都來得有趣。

一臉厭倦的姚兒好像總算是注意到了羅半，雖然疲倦卻也不忘略為致意。貓貓心想也許該休息一下了，正準備泡茶，又覺得要姚兒現在吃喝未免有些殘忍。

茶。

「請。」

燕燕只給羅半上了茶。羅半熱衷於看數字，一點也不在意那成堆的飛蝗死屍，喝了口茶。

「貓貓，這個數字是？」

羅半指出寫在另一處的數字問她。

「這些是這堆飛蝗的數字。這邊的不是褐色而是綠色。從顏色、形狀或重量來看應該不是飛來的，而是土地原有的飛蝗，所以我們試著做了分類。」

飛蝗在引起蝗災時，本身形狀也會產生變化。自遠方飛來的飛蝗，翅膀較為發達。

「我看也是──那麼，假設這些飛蝗在天上飛，能移動多大距離？」

「……」

貓貓不是這方面的專才。姚兒與燕燕也加入討論，偏著頭思索。

「應該飛不了多遠吧？頂多應該就幾里。畢竟是蟲子嘛。」

姚兒插嘴說完，羅半邊點頭邊接著說：

「有意思的是，飛蝗大量出現的村莊周圍地區，並沒有別處受到飛蝗侵擾。飛蝗數量如此龐大，表示一定有地方讓牠們吃飽長大。」

但是，周遭的村莊卻未曾遭遇飛蝗。

羅半從懷裡拿出地圖。這是份大地圖，範圍涵蓋全國。

「方才妳說過牠們是蟲子，所以只能飛上數里對吧。」

「是呀，說幾里都嫌多了。」

「可是……」

羅半拿出繩索，放到地圖上。似乎是不想直接寫在地圖上，所以用繩索來畫線。繩索自西北方斜擺，拉向村莊的所在位置。

「這附近會吹季風。」

「大人是說，牠們是順風而來的？」

「對。既然如此，別說數里，要飛數十里都行。」

接著他把圍棋棋子放到地圖上。

「這些棋子是？」

燕燕指著白棋說。

「是遭遇到飛蝗災害的地區。據我推測，飛蝗應該是來自西北更遠之地，先到這附近再遷徙過來。」

「就是北亞連的方向了。」

「……」

一道冷汗慢慢流下。
姚兒只是陳述事實，並未察覺問題所在。羅半想說的是更久以後的事。燕燕好像懂了，但似乎沒打算管這件事，只是一味用視線欣賞小姐。
羅半把蒐集到數字的紙片捆起來。
「有這麼多數字，應該就沒問題了。後面讓其他人來接手就行了吧？」
「……幹嘛不從一開始就這麼做。」
貓貓一抱怨，羅半就搖著食指說：「非也。」
「人家並沒有請我調查飛蝗一事，只叫我確認記錄得精不精確。別看我這樣，我可是很忙的。」
羅半一邊把玩棋子，一邊做出有些生氣的模樣，但毫無魄力。至於說到他在忙什麼，拿在手裡的棋子已經解釋了一切。做副業做得太賣力了。
「收集的數字不正確，原本能看見的真相也會看不見。開頭必須計算得夠精確才行。」
貓貓明白他的意思。總之有用的數字已經到手了。
羅半打算立刻走人，被貓貓拽住衣袖。
「你是不是忘了什麼？」
「喔喔，對了。」

羅半假惺惺地拿出帶來的東西。布包裡的東西是個根菜。

「！」

貓貓不禁用鼻孔連吸了幾下。

「那麼，我回去嘍。」

東西已經到手，她不再需要羅半了。

「那是什麼呀，人參嗎？」

姚兒探頭過來看。

「的確是人參，但這是……」

燕燕似乎看出它是什麼了。

但貓貓的眼睛專注地盯著這條人參，眼睛挪也挪不開。它充滿了難以抗拒的魅力。

「呵呵呵呵呵。」

「妳、妳是怎麼了？」

「呵呵呵呵呵呵！」

「燕燕，貓貓怪怪的！」

「小姐，貓貓她本來就很奇怪。」

兩人說的話，她全聽不進去。比起如今擺在眼前的物品，那都是芝麻小事。

「呵呵呵呵呵呵呵呵呵呵呵！」

「我怎麼看就是不對勁！她拿到的那個東西該不會是什麼狂藥吧！」

「小姐，別擔心。那個的確是藥材，但不是什麼怪東西。」

貓貓高高舉起人參的布包，轉啊轉啊轉圈圈。

「是人參耶——」

是人參。

雖是人參，但可不是普通的人參。此乃別直參，自古以來無法栽培，只能採自深山密林。又稱棒槌。

這是條未剝皮，燙過曬乾的紅參。這麼大一根，想必是高級品。

貓貓在滿是蟲屍的房間裡被驚慌的姚兒與冷靜的燕燕看著，跳起了久違的狂喜之舞。

九話　壬氏的盤算

問：公務繁忙，該如何是好？

答：把差事分配給別人去做。

這是老生常談，卻很難實行。然而麻美自從來了以後，便不停地幫他周全方便。壬氏從遠征回來後，發現公務累積得沒想像中多。

壬氏原本得到的就只是個位高權低的閒職。送進來的雜務也不過是送回原本的部門罷了。

蝗災事務也是。

「丟給都水監或司農去做就是了。」

都水監主掌治水，司農掌理貨幣與穀物等等。壬氏以前跟兩邊說過，卻都得到一句：「這不是我們份內的事。我們這兒很忙，辦不來。」遭到拒絕。

壬氏解釋過了，無奈對方是麻美。

「啥啊？塞給他們就是了呀。雖說只是虛職，但壬總管您的地位可是比他們高呢。難道因為您年紀較輕就得看人臉色？還說要懂得體諒，是要體諒誰呢？本來就該讓那些白天慢吞吞上值，喝喝茶就打道回府的混帳傢伙多幹點活才對。太忙了，沒空？只要逮到他們在煙花巷鬧到早上就成了。反正您似乎有那方面的人脈嘛。」

用講的絕對講不贏她。馬閃與馬良也都欲言又止地看著他們，但贏不過姊姊。

麻美是個能幹的女子，只因是女兒身而得不到職位。假設馬閃處理公務的能力為一分，馬良為五分的話，她少說有三分；實在是有才無命。

她能處理的公務雖不如馬良多，擔任輔佐卻能一展長才。她能把馬良那五分的辦事能力提升到兩倍，甚至三倍。

麻美若是男子的話，早已成了壬氏的輔佐。不過想到她如此伶牙俐齒，又不禁慶幸麻美是個女子。

麻美像是乘勝追擊似的，又開口補了一句：

「還有我看壬總管的眼光似乎變得有些狹隘，容我忠告一句。」

「……什、什麼事？」

壬氏不由得緊張起來。

「以一般常理而論，送上大量昆蟲只會被視為騷擾行為。尤其當對方是女子的時候。」

「……」

壬氏頓時垂頭喪氣，以手扶額。

「事務要分配出去。能用的人儘管用。沒用的人就給他些無益無害的不同差事，以免他來礙事。」

壬氏就在麻美的這番話下被趕出了書房。叫他仗著自己的權勢，不夠的話使美人計也行，把差事塞給別人就是了。

雖然她說壬氏親自前往會讓對方改變態度，但他還是不大情願。

只因壬氏若是親自前往，會被人誤解為另有深意。這要是在當宦官的時候，他會大大拿來利用；然而如今他是皇弟身分，這樣做就不大妥當。

但總比忙不過來好，所以他還是會跑一趟。

「……可是美人計也太過分了吧。」

「總管恕罪。屬下那姊姊真是……」

馬閃擔任侍衛同行。不是只有壬氏不敢違逆麻美。

「但話說回來，家姊說的話也有幾分道理。」

馬閃環顧四周。

「偷懶不做事的人太多了。」

壬氏他們一靠近，就看到對方急忙藏起一些東西。

「雖說是時下風潮，但比之前更嚴重了。這也未免太明目張膽了吧。」壬氏說。

有人坐在欄杆上讀圍棋書。在休憩處，有好幾名官員圍著圍棋棋盤。

他們一看見壬氏就停止下棋假裝沒事，或是調離目光，但其中也有人太專心對弈而沒注意到。

麻美嫌他們都沒在當差，說得十分有理。

壬氏開始覺得自己至今沒日沒夜地處理公務，簡直像傻子一樣。

「壬總管，他們把單子貼到這種地方來了，未免造次了吧？」

馬閃看著本應用來張貼遷調令的告示牌。

「最起碼他們換過地方了。」

貼出的單子，原來是重新刷印的圍棋大賽概要。壬氏參了一腳讓對方得寸進尺，如今大作宣傳起來。

「不過，雖說是為了大賽做預備，這些人不會太熱中了嗎？」

壬氏疑問的答案，就寫在布告上。

「只要有十枚銀子，似乎就能向漢太尉挑戰。」

興致缺缺的馬閃用指尖滑過「十枚銀子」幾個字。

才在心想參賽費只要十枚銅幣真是佛心來的，沒想到是在這種地方斂財。背後必定有怪人軍師那個愛打算盤的姪子。說起來，羅漢本就不可能辦得了什麼遊藝活動，羅半大概當了九成九的籌辦人吧。

「上頭還寫著新書付梓，似乎是要賣殘局集。還說只賣五百冊，賣得出去嗎？」

「自然是打定主意要賣出去了。」

到底是多會趁機賺錢？

不，可能羅半也得做到這種地步才撐得下去。去年狐狸軍師花下能建造一座離宮的銀錢為一名娼妓贖身；去年年底打壞了後宮牆壁的修繕費也尚未付清。

「可是下一盤圍棋就要收十枚銀子，不會太貴了點嗎？」

據說十枚銀子夠讓庶民過上一個月的生活。貓貓與高順都好幾次叫他學學金錢概念，所以壬氏現在知道那不是筆小數字。

然而——

「我看這還算便宜的了。」

「便宜？不至於吧。」

馬閃出言否定。以指導棋來說是很貴，但是——

「若是贏過了漢太尉，豈止便宜，還有賺吧？」

「！」

光是這樣就能在旁人眼中多一層光環。

「似乎規定挑戰者用黑子，不貼目。」

圍棋以先攻的黑子有利。因此為求公平，會先替白子多算幾目。

「……對了，我也感覺漢太尉與一些圍棋好手相處時，似乎會稍微放尊重一點。」

「因為若是輕視對弈者，就下不了棋了。」

不過純粹只是「比較起來」，很難說是「合於常理」。

「假如壬總管贏了，也許他就不會再找理由跑來書房，妨礙公務之後揚長而去了。等大賽結束後，應該又要照常處理公務了吧？」

壬氏以大賽賽場為交換條件，要求羅漢處理公務。馬閃是在擔心等賽事結束後，羅漢會做出一些事情來洩憤。

縱然由壬氏執黑子，對手畢竟是狐狸軍師。比隨便一個棋壇高手都要難纏。

但仍有挑戰的價值。

「十枚銀子是吧。」

便宜得很。壬氏喃喃自語。

能在日落前回府實在是輕鬆愜意。得好好感謝麻美才行。
「那麼屬下告退。」
馬閃回自己的府邸去。晚上的護衛差事另有他人負責。以前馬閃熱切地說過要住下好連夜擔任護衛，但坦白講壬氏讓他整天跟著也會累，所以還是免了。
一回到宮中，水蓮立刻前來相迎。
「是否要先用膳？」
初入老境的侍女面帶微笑向壬氏請示。
「不，先入浴……」
壬氏正要糾正，卻發現宮裡的氣氛與平時不同。平常燒的都是壬氏喜愛的香料，這天卻有股比平時更濃的甜香味。
屋裡的侍衛當中，也有些人不是平時那些面孔。
「有客人？」
「是。」
而能夠來到壬氏宮殿的客人寥寥可數。
壬氏讓走廊上的侍衛們對自己低頭行禮，前往廳堂。
一如預料的人物，在廳堂裡閒坐。

「皇上今日不用去後宮嗎？」

壬氏一面低頭行禮，一面對皇上提意見。

「都怪最近那個宮殿監，老是把新來的嬪妃引薦給朕。」

偉貌長髯的美男子，正在一邊傾杯一邊讀書，眼前擺著一個棋盤。這兒又有一個趕風潮的人物。

「淨找一些認為合朕口味的姑娘來給朕。」

換言之就是有著傲人雙峰了。但這位一國之君不會只憑這點選妃。要是偏偏碰上外表符合喜好卻不合政事需求的嬪妃，會惹來麻煩。對皇上來說的「麻煩」恐怕就是這麼回事。

但理由不只這個。

如今已有一位嬪妃成了皇后，也就是玉葉后這位正宮娘娘。她的父親玉袁目前暫居於京城，不確定今後是會返回西都，抑或以重臣身分留在京城，但後者的可能性較高。

「皇上是介意岳父的眼光吧？」

這裡是壬氏的宮殿。對話內容也就較為不拘禮數。

「無論是哪個時代，戴冠者都得看眾人的臉色。」

皇上「丁」一聲放下圍棋棋子，用空著的手催他坐下。

壬氏面帶笑容看著皇上的這副模樣，在他對面的椅子就坐。擺在眼前的棋罐裡裝著白子。

「玉葉也一樣。朕得看岳父臉色，玉葉也得整天留心婆婆的眼睛。」

玉葉后如今搬出後宮，遷居於皇太后的宮殿近處。這種生活對玉葉后而言想必比後宮更為枯燥。

「說到這個，日前朕去看她時，她拜託了朕一件事。」

「是什麼事？」

「她說過著新生活心裡不踏實，想找個試毒侍女。如果能找個熟人，那是再好不過了。」

壬氏的臉孔差點開始抽搐，只得忍著。

「……那麼，皇上打算如何處置那姑娘？」

「你又知道是**姑娘**了？」

「……」

皇上故意在壬氏面前晃動帶來的書冊取樂。他這樣講必定是在挖苦壬氏。跟玉葉后一樣，皇上也是個愛逗人的人。

「假若姑娘的身世再平凡一點，倒還能考慮考慮。」

皇上把書冊放下。不用說也知道，正是怪人軍師的著作。

羅漢這名男子在朝廷當中不屬於任一朋黨，卻也並未自組朋黨，朝廷上下都普遍對他敬鬼神而遠之。

他長年未娶又收了養子，誰都沒想過他會有個親生子。不過本人其實也未曾隱瞞，只是行為舉止讓旁人擅自誤解了而已。

據說貓貓還沒來到後宮時，他也曾興奮地喊著「爹爹來也——」跑去見她，結果被老鴇潑了一身水。

外人似乎以為他是來見中意的娼妓，結果被拒之門外的麻煩老傢伙。

就某種意味來說挺厲害的。

等到他試著打壞後宮牆壁，又三天兩頭跑去尚藥局打擾，旁人似乎才發現他有女兒。

貓貓是絕不肯承認，但她對自身將來做的決定甚至可能左右朝廷的勢力平衡。

如今玉袁權傾一世。假若羅漢的親人成了玉葉后的侍女，想必會進一步增強他的勢力。

「朕會賜玉袁別字，並加官晉爵。再多就過分了。」

皇上雖聲稱畏懼岳父的眼光，但有在做打算。這些話絕不能為外人道，只不過是自言自語罷了。

水蓮也給壬氏上了一杯飲料。杯中盛著血一般紅的漿水。

他讓美麗的漿水在杯中轉動，透過澄澈的玻璃欣賞它。

「這葡萄酒可真酸啊。」

皇上的身邊已經擺了酒杯。

「這是配合臣弟的喜好。」

「朕也頗好此味，不過聽說這陣子盛行飲甜酒。」

無意間壬氏想到，貓貓聽到甜味酒可能會一臉排斥。

「怎麼了？」

「不，沒有。」

壬氏差點就展顏露出微笑，急忙掩飾過去。

皇上露出不解的神情，晃晃酒杯。

「說到這個，雖然多少被圍棋風潮蓋過了，但聽說民間正在流行舶來品。」

「似乎是如此。」

壬氏也聽說了。伴隨著日前西方巫女的蒞臨，有許多異國商品在市面上流通。一時的減稅也起了推波助瀾之效。

「你知道這當中哪種物品最搶手嗎？」

「臣弟不知。」

皇帝咧嘴一笑。平素日理萬機時無法有所鬆懈，在壬氏面前就變得較常露出促狹的表

情。

「據說是葡萄酒。」

「葡萄酒？」

壬氏偏偏頭。

「不是西都釀的酒？」

玉葉后的故鄉──西都的附近地區盛行釀造葡萄酒。此時壬氏手裡的葡萄酒，也是產自西都。

「西都的酒不是有種獨特的酸味嗎？但聽說舶來品甜味明顯而香醇。」

「品質竟有這麼好？」

壬氏喝一口葡萄酒。西都產的雖具酸味，但品質不差。只是，他知道這酒本來應該更甜。在西都喝過的酒，甜得像是摻入了蜂蜜。

講到葡萄酒，讓他無意間憶起一事。那是何時的事了？就在去年貓貓辭去後宮職位，到壬氏身邊當差的時候。

壬氏晃了晃酒杯。

「那真是舶來品嗎？」

「朕還不曾喝過。但聽大臣說過美味可口喔？」

「竊以為或許還是不喝為妙。」

壬氏向水蓮使了個眼神。他對過來的水蓮耳語幾句。

優秀的侍女似乎明白了壬氏的打算。她離開房間，然後拿著布包回來。

「這是？」

皇帝撫鬚問道，壬氏打開布包讓他看。包著的是金屬酒杯。

「這是別人以前贈與臣弟的。記得是去年吧。」

壬氏不經意地，想起去年初春時的事情。

○●○

「竊以為那葡萄酒還是別喝的好。」

不愛理人的藥舖姑娘邊收拾碗盤邊說了。當時壬氏用過膳，倒了杯葡萄酒正準備要喝。

「為何？妳方才不是試過毒了？」

壬氏一面偏頭，一面搖晃酒杯。

藥舖姑娘已於日前離開後宮，回到了煙花巷。壬氏原本給她開了一大筆薪俸，僱用她來擔任侍女兼試毒人。

「毒是試過了。葡萄酒裡應該沒有任何毒物，硬要說的話就是酸味強了點。」

壬氏比起只有甜味，更喜好強勁的酸味。這應該是水蓮配合壬氏的喜好準備的，是產自西都的酒。

「那不就沒問題了？」

「只是，酒器有問題。」

「酒器？」

壬氏看看金屬製的酒器。

「酒器裡塗了毒藥？」

「沒有。」

「那妳說是怎麼了？」

藥舖姑娘輕輕從壬氏手裡拿起了酒杯。

「失禮了。」

她拿筷子伸進杯中的葡萄酒，只嚐了一滴。細細品嚐過滋味之後，她一聲不吭地走出房間。想必是要去吐掉嘴裡的東西，把嘴巴洗乾淨吧。

藥舖姑娘很快就回來屋裡，把裝有葡萄酒的瓶子拿過來。

「已成了毒物了。」

「成了？」

藥舖姑娘說話耐人尋味。

「這比小女子之前喝過的變甜了一些。再用久一點，想必會讓味道更甜。」

「孤不太懂妳的意思，但可以讓孤猜猜嗎？」

「請說。」

藥舖姑娘表情不變，點了點頭。

「意思是說單一物品不是毒，但把兩個合在一起就成了毒物？」

聽壬氏這麼說，藥舖姑娘的嘴角微微上揚。看來是猜對了。

「金屬有種性質，會溶於酸味強勁的液體之中。此種酒器想是以鉛製成。據說將鉛與酸味葡萄酒混合，溶化的鉛會使酒漿變甜。小女子曾聽聞西方會在葡萄酒裡加鉛，以增添甜味。」

又聽說喝了此種葡萄酒的人，經常會引發中毒症狀。

「這純粹只是小女子養父的見解，但它很可能會成為中毒的原因。」

她的養父原本在後宮擔任醫官，醫術高明。據說還曾前往西方留學。

「……」

壬氏悄悄放下鉛製酒器。

「小女子不知喝個一兩次是否會引發急性中毒症狀，但經常飲用或許會有危險。」
她不會說得明確。這個藥舖姑娘的特質就是不願憑著臆測說話。
「假設這是毒物的話，妳認為會出現何種症狀？」
被壬氏這麼問，藥舖姑娘很快地想了一下。
「……您還記得後宮毒白粉一事嗎？」
「記得。不可能忘得了。」
「小女子曾聽說那是往鉛裡加醋來製作。」
換言之，就是會引發與白粉中毒相同的症狀？
壬氏恍然大悟。
「竊以為或許該查查教您這樣喝葡萄酒的人士，本人是怎麼喝的。」
假如本人也是以鉛杯飲酒，那就是出於善意告訴壬氏而不懷惡意。假如不是，就有可能心懷惡意。
壬氏曾多次遭人暗殺。對方有著何種打算，又做了什麼事，這些都得查清楚。
「可否准許小女子再提一件事？」
「何事？」
藥舖姑娘看看還沒倒入杯裡的葡萄酒。

「壬總管似乎以為這葡萄酒本身就酸，是產地的問題。」
藥舖姑娘搖了搖酒瓶。
「但我想它只是因為長期運送，使得酒快要變成醋了。」
「……」
換言之，這姑娘似乎想說，壬氏喜好飲用的口味其實是劣酒。
「若能在運送方法上再想點工夫，酒也就不會變質了。」
西都地方遙遠，且天氣炎熱。
「可是孤倒覺得挺可口的。」
壬氏偏頭不解，貓貓瞇起眼睛。
「據說人在疲倦時，味覺會變遲鈍而喝不出酸味……」
「……」
「還有，小女子喜歡的是更辛辣的酒。」
負責試毒的開始有所要求了。
很不巧，壬氏想主張自己本來就喜愛酸味。但願如此。
「孤這陣子都要喝葡萄酒。」
「是，小殿下。」

水蓮也回得爽快，讓藥鋪姑娘顯得不大高興。

○●○

「原來還有過這麼一件事啊。」

皇上喝乾了酒杯。旁邊擺著水蓮準備的烘焙點心。

「嗯──那麼時下市面流通的酒就是……」

「竊以為很可能是劣酒，或是假酒。」

畢竟是運自異國的葡萄酒，運送期間想必比西都更長。這麼一來就很難保持品質穩定，若是數量多到能在民間市集流通，劣貨必然會增加。

為了能賣出去，必須做些加工使其變甜。這樣一來，流通的就會是毒葡萄酒。

此外，假如自家釀造葡萄酒卻假稱為舶來品，就是詐欺。舶來品本身會課稅。縱然減輕了稅金，加上運腳或是稀有價值等等，價值仍比西都酒貴一倍以上。

雖說也有可能是品質精良的舶來品葡萄酒偶然在市面上流通，但可能性很低。

「與白粉是同一種毒啊。」

皇上邊撫摸鬍鬚邊搖晃酒杯。

「說到這個，在後宮禁用毒白粉後，你似乎也禁止民間販賣了。」
「是。竊以為理應如此。」
「你可曾想過白粉的材料有可能轉用為葡萄酒的甘味料？」
「！」
皇上這句話讓壬氏睜大雙眼。
自己怎麼都沒想到呢？是有這個可能。
「臣弟會設法查明。」
壬氏放下酒杯，吃些烘焙點心讓心情平靜下來。點心有著少見的輕柔質地，裡頭揉入了果乾，散發微微的酒香。吃起來入口即化，綿軟香甜。
大概是事前知道皇上會來吧。水蓮雖是壬氏的奶娘，卻也是皇上的奶娘。似乎是想準備些有意思的點心，逗皇上開心。
「水蓮的點心總是如此美味。」
皇上似乎很喜歡，已經開始大快朵頤了。把一塊全吃了之後，和著新倒的葡萄酒嚥下。
「好久沒下了，要不要來一局？」
皇上摸摸鬍鬚撢掉點心碎屑，用空著的手捻起黑子。
「上次與你下棋，要推到你進入後宮的前夕了。」

皇上懷念地將棋子放回棋罐。

壬氏十三歲時，先帝駕崩。在成為東宮的那一年，壬氏表示想與皇上下一局棋。結果壬氏得勝，得到了以宦官壬氏的身分進入後宮的權利。

為了捨棄自己的東宮地位——

「在那之後，朕就一直覺得不該下什麼賭棋。」

「……天子無戲言。」

「你若是說想要皇位，時候到了朕就會給你。」

皇上直到現在，仍不肯履行與壬氏的約定。

「臣弟並不想要。」

壬氏曾死纏活纏地拒絕成為東宮。

當時皇帝膝下無子。太子早已殂落，先帝只有皇帝這一個子嗣。

結果，他們決定另立儲君。

「朕從沒輸過那樣令朕懊悔的一局棋。」

「不至於吧。」

當今聖上疼愛玉葉后生下的東宮，也疼愛鈴麗公主。梨花妃亦為他生了一子。事到如今，壬氏已無需再成為東宮。若是執意這麼做，無啻於播下禍種。

秋天的遊園會也近在眼前了，新獲賜字的玉袁應該也終於能夠得到引見。若不是有砂歐巫女的行刺案，這事早就結束了。

皇上想必也不願做出更多觸怒岳父的事。

而壬氏也不能做出惹惱嗣主祖父的行為。

自己絕不能成為戰爭的火種。

而同時，飛散的火花也得避開。

如今壬氏有很多事要做，卻過於缺乏實行的手段。

他需要更大的力量。

「……皇上，臣弟有一事相求，不知可或不可？」

「你又在打什麼歪主意了？朕不會再與你打賭了喔？」

「不是什麼了不起的事。」

壬氏拿起黑子的棋罐。但皇上似乎也想執黑子，不肯放手。

「假使臣弟贏了，想請皇上將圍棋棋師——棋聖暫時借予臣弟。」

聽到壬氏的請求，皇上一面顯得狐疑，一面放開了黑子的棋罐。

十話　白湯

一種濃煙般的獨特氣味瀰漫室內。貓貓看著在自個兒房間裡調製的藥，感到心滿意足。貓貓只能在當差結束回到房間後，利用短暫的工夫做自己的實驗。

（成果還算不錯吧？）

她取用預防傷口染上惡性毒素的藥草，以及能活化體力的藥草，兩者巧妙混合後拌入防止乾燥的油與蜜蠟，製成了藥膏。

很好。貓貓一邊感到滿意一邊掀起左臂衣袖，備妥小刀。她用酒精把表面擦乾淨後高舉小刀，往下一劈。

「呀！」

她聽見了叫聲。還以為是誰呢，原來是姚兒來了。

「貓貓，妳這是做什麼！」

「還能做什麼呢？」

貓貓放下把左手割傷的小刀。她只是在房裡試新藥罷了。這對貓貓而言不足為奇，但看在姚兒眼裡恐怕是十分異常的光景。

「沒事，藥已經準備在這兒了。」

只是不曉得有沒有效。調製新藥，總得從失敗中求進步。

（要是有別人能讓我試就好了。）

之前阿爹聽了，給她不大好看的臉色。貓貓偶爾會拿看起來健康的武官試藥，但愈是合適的人才，愈是常常只治療一次，下次就不來了。貓貓觸人霉頭地心想，真希望他們能更常受傷。養老鼠也會挨罵，而且她之前想剃了貓兒毛毛的毛試試生髮藥，結果在綠青館引發眾怒而沒能實行。剃下來的毛她會做成毛筆，明明又不會浪費。

所以，貓貓只能用自己的身體來試。

「妳這傻子！」

挨姚兒罵了。

「怎麼了？」

聽到姚兒的聲音，燕燕來了。

姚兒抓起貓貓的左手發脾氣，燕燕只是看著。

「燕燕，妳也來說說她呀！」

「要說什麼呢？」

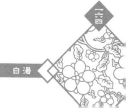

燕燕似乎正準備晚膳到一半，手裡拿著白菜。今日可能是要吃火鍋了。燕燕的白湯含有豐富的魚貝與豬骨高湯，滋味甚美。晚點去躬逢其盛一下吧。

「還能有什麼，就這個呀。妳看，她的左手都是傷。」

「是。她大概是在試藥效吧。」

「是這樣嗎？」

「是呀。」

燕燕頭腦靈敏，似乎不用看就已經發現了。

「妳明明知道，怎麼都不阻止她？難怪我看她傷總是沒好，原來是弄出了新的傷口。」

姚兒之前從沒問過包白布條的部分。看來不是沒注意到，只是有所顧慮而不去提罷了。

「小姐，這是貓貓自己做的。由於不是單純的自殘行為，而是為了製藥，因此奴婢認為沒有必要阻止她。」

「對，我這麼做是有意義的。藥物與毒物只有一線之隔，因此想研究配方，只能實際嘗試。」

既然身為杏林中人，應該明白藥物實驗的重要性。尚藥局飼養了幾種動物，用來嘗試藥物功效。姚兒每次看到時雖然表情五味雜陳，但從無怨言。因為她知道必須如此。

貓貓認為姚兒沒有權利插嘴。然而她雖歪扭著眉毛，卻仍不肯退讓。

「那也不能放著不管吧。」

姚兒不肯放開貓貓的手。

「朋友竟然在做這樣的事！」

「……」

貓貓與燕燕睜圓了眼。

「朋友，嗯，只是朋友的話嘛……嗯，還好……」

燕燕有些嫉妒地看向貓貓。

「原來我們是朋友啊。」

想想也是，最近除了當差之外還一起去吃飯、外出與聊天。這或許可以分類為朋友之間的往來。

被燕燕與貓貓各自這樣確認似的說，姚兒的臉變得越來越紅。

「不、不是！才不是什麼朋友，是、是同僚！同僚啦！同僚在做奇怪實驗的話當然會阻止啦！燕燕也會吧？」

燕燕被尋求同意，思索了片刻。

「……老實說，貓貓這人可能是勸不動的，況且既然這麼做有意義的話，奴婢覺得還是該讓她做。」

貓貓也點點頭。

「那我也這麼做，怎麼樣！」

「不行！」

燕燕即刻回答。拿在手上的白菜掉到了地上。

「姚兒小姐美麗細緻的肌膚絕不能留下一絲傷痕，萬萬不可，絕不能讓此等事情發生。假若小姐要做出這種事來，那奴婢就在自己身上留下您的十倍，不，是一百倍的傷。這樣，這樣您也無所謂嗎？」

燕燕面帶嚴肅表情，連珠炮地說，抓住姚兒的肩膀搖晃一通。

聽起來好像貓貓怎樣她都不在乎，但貓貓跟姚兒本來就沒得比。

一個人愈是執著於另一個人，就會愈想管束那人的行為。若是與自殘相關的行為就更不用說了。

姚兒放開了貓貓的左手，貓貓給左手上藥，纏上了白布條。她撿起燕燕弄掉的白菜。

「欸，好像有股燒焦味耶。」

貓貓抽動鼻子。

「……啊，我鍋子忘了熄火了。」

「……」

三人只得急忙趕往廚房。

除了火鍋之外另外準備的生煎饅頭，變成了焦炭。數量是三的倍數，貓貓寧願相信裡面也有自己那一份，但不會想吃黑炭。

「奴婢晚點再洗。」

燕燕垂頭喪氣。比起浪費了食材，要刷掉黏在表面的焦痕想必更讓她洩氣。

（那個可難洗了。）

三人享用火鍋配粥這種比平時清淡了點的膳食。貓貓用調羹舀湯喝，覺得燕燕煮的白湯果真美味。她曾經問過燕燕煮法，燕燕不肯教她，卻偷看了姚兒一眼，咧嘴而笑，所以或許還是別問得太詳細才是上策。

（不曉得裡頭放了什麼？）

不像姚兒，貓貓敢吃一些怪東西，所以就別放在心上了。

姚兒看菜少了點而顯得有些遺憾，但見到燕燕這麼沮喪，似乎也不好說什麼。這對主從之所以相處融洽，也是因為有姚兒接納燕燕那種看在旁人眼裡過於一廂情願的愛慕之意。

貓貓夾起江瑤柱放進嘴裡，仍留有一絲鮮美滋味。

「對了，姚兒姑娘，妳來找我有事嗎？」

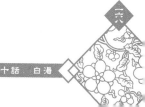

鍋子燒焦的原因，在於姚兒跑來貓貓的房間。怕羞的姚兒不會閒閒沒事或不找理由，就跑來找貓貓。

「我都忘了。」

姚兒放下夾著豬肉的筷子。她從懷裡拿出一張紙來。

「來，這是日程表。」

「日程表……」

尚藥局每逢祭祀儀式，經常會派出醫官參加。因此他們會收到一個月份的日程表，好確認有哪個醫官會被找去。貓貓打開一看，上頭有個令她懷念的字眼。

「遊園會？」

沒錯。每到冬季將至的這個時節，都會舉辦後宮嬪妃最怕的遊園會。

「主要就是遊園會與年底的祭祀呢。」

燕燕也探頭過來。

「現在辦遊園會不會有點晚了嗎？」

她記得上回舉辦遊園會的時節，似乎比這回早了一個月。庭園裡恐怕已無花可賞。

「是晚了點。但我想這次的遊園會只是個名目吧。」

消息靈通的燕燕用手指滑過「遊園會」幾個字。

「想必是要替之前不了了之的『賜字』新官做引見吧。」

「妳說『玉』嗎？」

「玉」，也就是玉葉后的父親玉袁。於荔國西地治理西都的他被召至京城，已經過了將近半年。

本來應該早就亮相過了。要不是發生了那場砂歐巫女毒殺騷動。

姚兒與燕燕臉色略略一沉。

她們倆不知道巫女尚存一命。姚兒或許已有所察覺了，但燕燕應該不知情。若是知道的話，一心敬愛姚兒的她恐怕早就鬧事了。

「據說西方已開始重新徵集軍隊。因為西都位於邊疆，有辦法與京城各行其政。玉袁大人來到京城，不知會讓今後情勢如何生變。」

（真不知道她這些消息是打哪兒聽來的。）

燕燕的消息靈通總是教她吃驚。

「妳說徵兵？」

「是呀，如果單純只是擴大軍備還好，但中央沒什麼動靜呢。不過明年有武科舉，也可能是先暫緩而已。」

（是料想到可能遭外國攻打嗎？）

若是如此，中央應該也會即刻進行徵兵才是。既然還沒有這種動靜，也許是什麼事情成了枷鎖。總之都不是貓貓這個醫佐該插手管的事情。

「燕燕，我可以問妳個問題嗎？」

「小姐請說。」

「我們信得過西都那些人嗎？」

姚兒過於直率的一句話，讓貓貓環顧四周。食堂裡沒其他人。由於天冷，門窗都緊緊關著。想必沒被任何人聽見。

「小姐……」

「我知道啦。所以我才會在這兒跟妳們談呀。」

姚兒並不傻。是因為這裡只有她們三人，她才會說出口。

「關於玉葉后，我的確也聽過一些傳聞。說她國色天香但並不驕傲，在後宮對待下人也都溫柔和善。不過這方面我想貓貓知道得更多吧。」

「玉葉后不是會傾國的女子，皇上也不像是會耽溺女色的人。」

這時貓貓發現自己說得太多了。

「我是聽後宮醫官這麼說的。」

她拿庸醫做個緩衝。

貓貓說過自己曾在後宮當差，但沒說是翡翠宮。燕燕或許已經知道了，但為了避免禍從口出，還是少說兩句為妙。人家問她的話她會說，但沒問到的話不用先說出來。
「妳雖說她不會傾國……」
姚兒用湯匙舀起粥——
「但歷史上又有幾個傾國美女是真正的禍水呢？」
又讓粥從湯匙上滑落。
貓貓聽懂姚兒的意思了。
「無論玉葉后是多麼可敬的人物，她的親屬可不一定。」
貓貓對玉袁這名男子幾乎一無所知。
西都的徵兵換個觀點想也的確可怕。之前才發生過子字一族的叛亂，貓貓不認為他們會輕舉妄動，但不是全無可能。
姚兒平素算是個直性子的人，有時卻莫名地敏銳。
「是呀。只希望玉葉后別被當成工具利用了就好。」
「姚兒小姐……」
燕燕擔心地看著姚兒。
險些淪為叔父工具的少女，看到玉葉后作為飛黃騰達的最佳工具即將成為一國之母，不知做何感想？

姚兒再次用湯匙舀粥，送進了嘴裡。

十一話　嬉戲與憂懼

再過數日就是遊園會了，玉葉正在房間裡與侍女們一同檢查衣裳。

「玉葉娘娘，這衣裳好像還是素氣了點？」

櫻花一邊拿首飾搭配衣裳，一邊偏著頭。這是件紅色衣裳，玉葉妃從嬪妃時代用的就是這顏色，但色彩有點暗。

「是不是有點暗淡？」

「搭配起宴席的配色剛剛好啦。更何況還得與皇上相襯呢。」

正在為玉葉梳頭的仕女長紅娘回答道。不過她似乎也嫌色彩淡雅了點，放下梳子到更衣室去，拿了支簪子來，跟櫻花拿著的首飾擺在一起。以前在後宮的時候，永遠都得考慮到如何把其他嬪妃比下去。因此這些侍女的一項樂趣就是在某種程度上遵守倫常的同時，思考如何在主子的打扮上加點玩心；但現在的情況有些不同。

「紅娘侍女長，要把這個也戴上嗎？」

看到紅娘拿來的簪子，櫻花面有難色。

「哎呀，有哪裡奇怪嗎？」

「我也覺得好看，但之前參加皇太后的茶會時不是已經戴過了？那時候皇太后的侍女有在注意衣裳。」

「那就不行了。」

紅娘把簪子放回去。

基本上在大宴裡穿過的衣裳，便不能再穿去赴宴了。只能將華美的裝飾重新做過，降格為茶會等場合的簡單華服。

若是小件首飾還可以用個幾次，但不能讓人覺得這個娘娘戴來戴去就那幾件。

「然而就是素了點呢。」

「就是呀。」

兩人呻吟了半天。玉葉也不是不能理解她們的意見。

「色彩姑且不論，最好能有個一看就讓人印象深刻的飾物。例如大件的玉珮。」

翡翠的話多得是，卻跟這次的衣裳不大搭配。如果能有個更清澈透明，讓人看得入神的玉石更好。

「例如水晶。」

或者是……

「在西方打磨而成的金剛石。」

「現在才開始找太難了。要是有的話，還能叫工匠趕工製作，不過金剛石加工起來可不容易呢。」

金剛石很硬。它只會被金剛石刮傷，因此很難做精細切割。

話雖如此，紅娘還是打算找找看，於是再次前往更衣室。別人都說玉葉過得比其他嬪妃儉素，但好歹現在成了皇后。一兩顆水晶還是有的。

然而——

「那就有點沒意思了。」

玉葉輕輕吐出舌頭。

自從出了後宮之後，能解悶的事情一下子變少了。跟孩子們一起過日子很快樂，皇上也會因為她是皇后而多方關照。他會盡量滿足玉葉的需求，唯獨最近的請求遭到了拒絕。

若是那個試毒姑娘貓貓在這兒，好歹還能有點消遣的說。

玉葉仍只是個二十來歲的女子。她早在還是個姑娘時就好奇心十足，如今依然故我。

「既然要戴，當然要戴有趣點的。」

玉葉嫣然一笑，從椅子上站起來，然後偷偷去拿一件東西。兩名侍女沒注意到玉葉去哪裡拿了什麼來。

「紅娘、櫻花。」

「是，娘娘有何吩咐？」

兩人即刻來到跟前，玉葉拿用布包著的石子給她們看。石子有三顆，是清澈無瑕的晶石，透明到能透視後方。

「……我怎麼不記得有這些水晶？」

紅娘顯得很困惑。

櫻花卻睜圓了眼，看看晶石又看看玉葉。見玉葉闔起一眼，她似乎明白了娘娘的意思，偷偷豎起大拇指作答，不讓紅娘瞧見。

「我想做成這種形狀。」

玉葉走到桌邊，拿起筆流暢地畫了張簡單的圖。畫的是一支既像酸漿，又像燈籠的簪子。她補充告訴兩人想做成籠子狀，好看得見裡頭的晶石，然後將晶石與畫像交給櫻花。

「櫻花，妳現在就去請人做吧。」

「玉葉娘娘，訂做的事每次都是我──」

紅娘想拿走交給櫻花的晶石，玉葉暗呼不妙，過去擋下了她。

「偶爾就讓櫻花跑一趟嘛？櫻花應該也知道怎麼做才對。」

「是這樣沒錯。可是──玉葉娘娘，您是否在打什麼主意？」

「……」

真敏銳，不愧是侍女長。自玉葉兒時就當褓姆照顧她到現在不是白做的。

可是，如同紅娘了解玉葉，玉葉也了解她。

「——因為，我也不好總是依賴紅娘一個人呀。」

玉葉視線低垂，抬眼看著紅娘。

見到她這副模樣，紅娘正色道：

「不，我會以玉葉娘娘的侍女長身分克盡職守的。」

「可是，這樣紅娘豈不是不能嫁人？」

「嫁人」二字一出，讓紅娘頓時變了表情，彷彿遭到雷擊般大受衝擊。

「嫁、嫁人……」

雖說紅娘依然健康美麗，但早已過了適婚年齡。很多人都在十五上下到二十五歲之前成婚，紅娘卻已三十有二了。

她待在後宮時，甚至想過即使是宦官也行，試著追求過高順。順便一提，她後來得知高順並非宦官，但有個年長的悍妻，於是毫無留戀地打消了念頭。

「紅娘什麼事都能一個人做好。這樣若是妳不在了，我會變得什麼都做不來。最起碼得把差事分配給其他侍女才行。」

紅娘這般能幹，其他郎君恐怕很難接近她。

玉葉十四歲進入後宮時，決定讓紅娘也跟著她來。要進入後宮這種群魔殿堂，能幹的侍女不可或缺。當時還有其他幾名年長的侍女，但當玉葉受到皇上寵幸，開始有人要她的命時，她們就一個接著一個回鄉去了。有人以結婚為由辭職，也有人因試毒而病倒。

最後只剩下紅娘與年紀尚輕的櫻花等三姑娘。可以想見紅娘必定是以此事為己任，從來不敢鬆懈。

玉葉在女兒出生時曾暫時僱用奶娘，但她是沙漠大地土生土長的人，不知道別人是敵是友，於是從未請來新的侍女。

就在那時，貓貓來當差了。

那姑娘人在這裡的時候樂趣真多。玉葉差點沉浸於回憶中，但現在不是懷念過去的時候。

為了消愁解悶，玉葉必須盡全力騙過紅娘。

「爹以前也說過，總有一天得給紅娘安排個好姻緣才行。」

「玉袁老爺他……」

紅娘大受感動。

玉葉沒撒謊。父親說過：「只要是紅娘的孩子，無論是男兒或女兒都一定優秀。」他說雖然已來不及做個奶兄弟，不過她的孩子必定會為家中盡忠職守。

「現在不同於以往，侍女也多了幾個。妳不用總是把擔子攬在自己身上。」

為了替東宮出生做準備，之前故鄉送來了三名侍女。成為皇后之後就更多了。

「我明白妳心裡不安。這兒雖不是後宮，但依然是女子的戰場，將來之事難以預料。可是，妳不再是孤獨一人了。我要妳多為自己的將來做打算，好好過日子。」

玉葉不禁佩服起自己的舌粲蓮花。也許就是這種性格，才讓她能在女子的戰場中存活下來。

「玉葉娘娘，您如此為我著想……」

紅娘眼裡泛著淚光。

「我明白了，我這就去把愛藍與貴園叫來。不知道那兩個丫頭能分擔我多少差事。」

紅娘立刻鼓足了勁，離開了房間。

她那側臉就像情繫郎君的少女般紅潤。

「……」

當房間裡只剩玉葉一人時，她再次伸手去拿桌上的筆墨。

不能把方才的話當成戲言了結。她決定修書給人在京城的玉袁，問問有沒有什麼好姻緣。

「玉葉娘娘。」

紅娘竟然又折回來了，玉葉心裡一驚，險些沒把毛筆掉在地上。

「怎麼了？」

玉葉一面故作鎮定，一面悄悄觀察謊話有沒有穿幫。紅娘的臉色不同於方才，有些蒼白。黑羽站在房外，她的臉色也同樣地蒼白。

「娘娘請看。」

她遞給玉葉一封書信。信折得整整齊齊，用蜜蠟封了口。封蠟蓋有虞美人花的印章，但一半已經變形，看得出來是寄自遠方。

「……」

玉葉曾看過這印章。不用署名她就知道是誰寄來的了。

「是、是兄長寄來……的。」

方才的三寸不爛之舌變成了笨口拙舌。

哥哥是父親正室之子。玉葉的母親是曾在西都民間獻藝的舞伶，被父親看中而生了玉葉。玉葉的紅髮與翡翠眼眸就是繼承自母親。

兄妹之間年紀相差了二十歲以上，說成父女還比較貼切，但其中毫無對親人的溫情。

『夷狄之子。』

當玉葉變得能理解這句話的意思時，她開始躲著哥哥。同時也被哥哥的孩子們追著欺侮。

父母輕視誰，孩子也輕視誰。

她只能笑。她揚起嘴角，無論發生什麼事都露出笑臉。哭泣會讓對方更高興，發怒會讓他們去告狀說被玉葉欺負了。她只能帶著笑臉度日。

當父親命令玉葉進入即位新帝的後宮時，她覺得這是大好機會。

她心想，只要去到哥哥與他那些孩子碰不到的地方，一定會有許多好玩的事。

雖然離開故鄉令她傷心，但也有著極大的喜悅。

玉葉撕開一半變形的封蠟。可能是請人代筆，信中文字以哥哥的字跡來說過於娟秀。

「信裡寫了什麼？」

紅娘的神情顯得憂心忡忡。

玉葉壓抑住狂跳的心臟，掀起嘴角。妳必須笑，我要妳笑。

「一開始就只是普通的季節寒暄。原來他還知道要敬重我三分呀。」

一定是咬牙切齒地寫的吧。畢竟他以前是那般排斥夷狄姬妾的女兒。

父親玉袁來到京城，西都應該已是哥哥的天下了。今後父親想必會繼續留在京城，由哥哥治理西都。

玉葉另外還有幾個哥哥，但其中最自命不凡的就是長兄。

正因為如此，父親才會從京城招募人才輔佐長兄治政。據說其中還有一人曾為那漢太尉的部下。玉葉聽說太尉是貓貓的父親時大感驚訝，但同時也覺得不難理解。

哥哥是個野心家。掌權者野心勃勃不是件壞事，但過了頭就成了劇毒。

而信上隱約可見新的野心。

「似乎是想讓女兒進入後宮。」

輩分等於是玉葉的姪女。信上寫她十六歲，但她不記得哥哥有這個年紀的女兒。

要不就是妾室之女，要不就是從別處收的養女。

不知道他在想什麼，信裡還附了一小張肖像畫。

「……」

玉葉一聲不吭地把畫撕了。她明白被送入後宮的姑娘沒有罪過，畫中卻透露出哥哥的企圖心，令她無比厭惡。

畫中的姑娘有著紅髮綠眼。

正是哥哥厭棄的夷狄，玉葉的色彩——

十二話　難吃的菜餚

天空一片鉛灰，細雪紛飛。

「才在覺得冷呢，果然下雪了。」

姚兒對著做洗滌差事凍紅了的指尖呼氣。燕燕要是看到，一定會立刻拿出藥膏替姚兒仔細再仔細地塗抹搓揉。

「可是昨天還是個無雲的夜晚呢。」

貓貓想起昨晚的美麗星空。冬天愈是晴朗的日子愈冷。阿爹告訴她，那是因為天空沒有雲層覆蓋會使得白日升溫的空氣散發掉。

「照這樣子，遊園會一定很難熬。」

「是呀。」

她們一邊事不關己地聊，一邊拿著裝有洗畢衣物的桶子回去尚藥局。

今天有遊園會。很不巧，那跟今年的貓貓無關。頂多也就只有數名醫官被派去遊園會罷了。

「奇怪？人怎麼有點多？」
只見那兒不分文官武官，擠了一些人。怪了，文官平素是不太會接近這裡的。
接著貓貓發現他們是要去茅廁，握拳輕敲了一下手心。
「是參加遊園會的人吧。得在開始之前先小解完畢，不然中途可是不能離場的。」
「可是，離這兒不會遠了點嗎？」
「離那兒最近的地方有達官顯貴要用嘛。」
貓貓想起前年的事。附近沒有茅廁讓她感到非常難熬。
「皇上也是？」
「皇上的話，應該會特地準備一個。」
皇上不會在不知有誰用過的茅廁如廁。一國之君本該如此。
忽然間，姚兒停下了腳步。
「怎麼了？」
「貓貓，還是別走這條路吧。」
她拉著貓貓的手。
「那豈不是要繞遠路？」
「那兒有個我不想見到的人。」

姚兒一扭頭就走向另一邊。幾名官員群聚在她們本來要走的方向上。看來在前去如廁的文武官員當中，有個她不喜歡的人。貓貓很能體會沒事不想跟對方打照面的心情。

（究竟是誰？）

假如姚兒有認識哪個官員的話，也許是目前負責看顧她的叔父。或者也可能是以前叔父介紹過的某個相親男方。

繼續追問對貓貓沒什麼好處，於是她乖乖跟去。

一回到尚藥局，姚兒就被燕燕捉住了。

「小姐！」

「……燕燕，我有點冷。」

見姚兒臉頰與耳朵紅通通的，燕燕為她準備氅衣與熱薑湯。貓貓也分到了剩下的薑湯，但沒像姚兒那碗加的蜂蜜多。貓貓對著茶碗吹氣喝了一口，身子就慢慢暖了起來。裡頭似乎加了削下的柑橘皮，芳香宜人。

室內也為了可能前來的傷患或病人而弄得暖烘烘的，讓人不禁想打瞌睡。冬日來這兒偷懶的武官們經常被上司拎著脖子回去練武。

今日由於有遊園會的關係，上級醫官都出去了，只剩下一些對貓貓她們稍微放任的年輕醫官。頂頭上司一不在，大家都變得有些懶洋洋的。

「啊——暖和多了。那麼，我們回去幹活吧。」

「小姐，您今天就留下吧。外頭的差事奴婢跟貓貓去做就好。」

（我也想待在屋子裡。）

「那怎麼行……看妳這樣子，我猜是叔父來了吧。」

「小姐。」

果然如貓貓所料，似乎是她的叔父來了。

「所以，怎麼樣了？他沒給其他人惹麻煩吧？」

「沒、沒有。只是，他本來想留下來等您——」

燕燕瞄一眼背後。坐在桌旁的年輕醫官正色站了起來。

「我跟他解釋過了。我說這裡是傷患與病人造訪的地方，不是休憩處。又告訴他這樣會趕不上遊園會的時辰，他就回去了。」

「是這樣呀，謝謝醫官。」

姚兒不失禮數地低頭致謝。燕燕把牙齒磨得嘰嘰作響，妒忌地看著年輕醫官。

（妳放心吧。那傢伙看上的不是姚兒，是燕燕妳。）

對於一心敬愛小姐的燕燕而言，待在小姐身邊的男人恐怕全跟毛蟲沒兩樣。

貓貓把洗過的白布條放進鍋子裡，準備把水煮沸。她很想再懶散一下，但還是先把差事做完再說吧。

「貓貓。」

被燕燕叫住，她轉過頭來。

「請把這拿去當柴燒了。」

燕燕把一塊貼著布的板子拿給她。板子是對開的，打開可以看到裡頭夾著男子的畫像。

「叔父真是學不乖。」

姚兒傻眼地說，從火盆取了點火替爐灶生火。

這下知道那位叔父是來幹嘛的了。相親男方的肖像畫不知美化到了什麼程度，簡直像是戲班男子的畫像。

年輕醫官頻頻偷瞄貓貓與姚兒，用眼神示意「拜託妳們快離開」。就算剩下他們倆獨處，貓貓也不認為他能跟燕燕變得多親密。其他年輕醫官早就對燕燕與燕燕保護著的姚兒死了心，這人卻死不肯放棄。再補上一句，貓貓早從一開始就被剔除在外了。

（我反倒懷疑只剩他們倆，聊得起來嗎？）

貓貓單純地如此懷疑，不過這名醫官還挺頑強的。貓貓她們一準備離開房間，他就去纏著燕燕說話。

「燕燕，我們繼續談方才那事吧。晚點妳可以再跟姚兒姑娘說。」

「……」

若是能引起姚兒的興趣，燕燕多少也會忍耐一下。

（不過她大概只把人家當成話題提供者吧。）

燕燕可是很難對付的。貓貓邊想邊往外頭的爐灶走去。

過了中午時，白布條已經煮沸過晾好了。貓貓搓揉著冰冷的雙手，打算一回到尚藥局就吃午飯。遊園會似乎也到了休憩的時刻，有越來越多人聚集於茅廁。

「姚兒姑娘，妳不用去如廁嗎？」

「我、我還行，貓貓妳呢？」

「我方才去過了。」

姚兒一副遭人背叛的神情。方才貓貓怕人會越來越多，便趁姚兒晾白布條時早早去了。

「姚兒姑娘，妳不去嗎？」

她再問一遍。

「不去啦！」

茅廁雖有男女之別，但是要當著那麼多男子的面去如廁，恐怕需要勇氣。更何況還有少數幾人憋不住而跑去女廁。平素到那兒方便的女官們都顯得很尷尬。

「聽說貓貓妳有去過遊園會。」

「妳聽燕燕說的？」

「嗯。」

貓貓心想，她果然消息靈通。

「是什麼情況？」

「很冷。然後，不太像一些人心神嚮往的那樣。」

遊園會雖是各人展現風姿的機會，但對於以侍女身分參加的貓貓而言，卻是一場與寒冷的搏鬥。當時她拚了命不讓還是個娃兒的鈴麗公主染上風寒。收到簪子或許能讓姑娘作個美夢，但燕燕必定會暗中作梗。

還有用膳，盡是些一看就知道顧著試毒而嚐不出味道的人。大家都得喝冷掉的湯。

（其實在那種狀況下並不容易下毒。）

下毒這回事其實伴隨著極大風險。下毒者也得做好最壞的打算。

但有些人寧可付出代價也要這麼做。

所以，貓貓過去才會嚐到毒羹。

（真想再吃。）

「貓貓，妳怎麼好像在竊笑？」

姚兒湊過來盯著貓貓瞧。

「啊！對不起。」

貓貓又忍不住想起那羹的滋味了。既然是毒物，照理來講應該帶點苦味或澀味，偏偏世上很多東西有毒卻又美味。河豚亦然，蕈菇亦然。

她們正要走過茅廁前面時，聽到有人嘔吐的「嘔噁！」一聲。一看，原來是水井周圍有幾名男子在漱口。從體格來看像是武官。

「是怎麼了？」

武官還是老樣子，但比平常更注重穿著打扮。大概是參加遊園會的人吧。而且其中有張熟悉的面孔。

「好奇的話，去問問如何？」

「咦！等等……」

貓貓走到水井旁邊。身強體壯的武官當中，有個讓人聯想到大型犬的男子。

「許久不見了。」

「小姑娘。」

正是性情爽快的李白兄。

這名男子兩年前同樣參加過遊園會，今年也來參加並不奇怪。
「是怎麼了嗎？看各位好像在把什麼東西吐出來。」
「喔，讓妳擔心了。沒出什麼事啦，只是東西難吃而已。是吧？」
李白呼喚周圍的武官。
「是啊，那真不是人吃的。聽說是宮廷菜本來還很期待咧，跟那一比，食堂老叔做的飯好吃多了。」
「除了菜都涼掉了之外，那個湯最是不像話。怎麼想都是弄錯分量了。該不會皇上也喝到那個湯了吧？」
「皇上的會另外準備。陛下怎麼可能跟我們吃同一份東西啊。」
「說得也是。」
武官們笑了起來。
「東西難吃？」
貓貓知道遊園會都上哪些菜餚。雖說有些菜涼了味道有差，但每樣菜本身的味道應該都很好。還是說不同官階真會吃到不同的菜餚？
「各位說的湯品，上的是什麼樣的菜色？」
要是給皇上或高官上了奇怪菜餚，晚點御廚的人頭可能會落地。或者假如裡頭混入了怪東西，那又是個大問題了。

「吃起來鹹得要命。可能是想端出新奇的菜餚，所以做了南方菜。裡面放了有花紋的蛋，看起來是很好吃啦。」

誰知一把料送進嘴裡，總覺得太鹹了點。湯更是鹹到讓人差點沒吐出來。

「有花紋的蛋？」

（是茶葉蛋嗎？）

就是一種把敲裂的水煮蛋泡在茶裡做成的食物，染上顏色後會形成蛛網般的花紋。通常是直接食用，不過由於外觀精緻好看，也許就用在遊園會的菜餚裡了。

「我好不容易才吞下去。真怕其他菜餚的味道也都那麼奇怪。」

「就是啊。可是真佩服其他人都能吃得跟真的一樣。我那上司還說什麼『真是美味』吃得津津有味的咧。我看他是舌頭麻痺了。」

這些武官們說他們喝那湯的時候，都以為是自己的舌頭出了毛病。但現在知道還有其他人也抱同樣的感想，才確信是菜餚不對勁。

「那麼各位喝了那湯之後，到現在過了多久了？」

「嗯──大概半個時辰吧。一直忍著不吐出來，等休憩時刻一到就跑過來了。」

這時貓貓才發現包括李白在內，眾人都有些冒汗。

「半個時辰嗎？看起來身體似乎沒出狀況。」
「妳這話是什麼意思啊，不會跟我說那湯有毒吧？喏，妳看，我們好得很呢。」
「有些毒物要等過了更久才會生效的。」
姚兒悄悄補上一句。畢竟她有過切身經驗，語氣聽起來很真切。
「別、別嚇我啦。妳這小姐長得這麼標致，怎麼講話這麼可怕？」
李白表情扭曲起來。
「要是有什麼狀況的話，還請到尚藥局來。我會為各位準備可以連五臟六腑都嘔出來的藥。」
「把五臟六腑都嘔出來不就慘了？」
不理會臉色發青的李白，貓貓與姚兒回到尚藥局。
「貓貓，方才那事妳怎麼看？」
「照常理來想，大概是鹽巴結塊了吧。我是覺得煮湯不太可能有鹽塊沒溶化，但也可能是只有方才他們的那鍋弄錯了分量。」
也許是放了一大塊岩鹽下去。或者是後來才加了鹽。
不管怎麼樣，只能請他們覺得身體不適的話再過來了。
「也是呢。」

姚兒也偏著頭，總之先接受了貓貓的假設。

遊園會讓其他人忙得焦頭爛額，但貓貓等人可以提早散值，大家都很高興。今天只要把藥房收拾乾淨就結束了。

「啊——今天可真輕鬆。要是明天也是這樣就好啦。等會兒有空的話，要不要一起去吃飯——」

千方百計勾引燕燕的年輕醫官於當差結束之際說了。

「日誌還沒寫。劉醫官很快就回來了，您還是快點寫吧。」

燕燕把日誌放到醫官面前之後拿出氅衣，披在姚兒身上。

「小姐，外頭會冷，請一定要穿暖和點。」

「……我知道。」

姚兒脖子上緊緊纏著圍巾。

貓貓穿起棉襖後，動作利索地站到年輕醫官的面前。附帶一提，這醫官姓「李」，但另外還有兩人也姓李，所以她不太常用固有名稱稱呼他們。李醫官底下的名字是天祐，但貓貓她們從沒叫過這個名字，只因天祐第一天就說：「別客氣，就叫我天祐吧。」貓貓、姚兒與燕燕基於三人各自的性情，都絕不會這樣叫他。

「那麼，失陪了。」

「失陪了。」

「小姐晚膳想吃什麼？」

（完全不理他耶。）

看來今天燕燕被他纏著說話說到煩了。天祐在尚藥局對她揮手，但她絲毫無意揮手回應。

（吃豬肉好，豬肉，豬肉。）

貓貓心中對著姚兒默念天氣冷，說她想吃油脂豐富的豬肉。一走出尚藥局，寒風冰冷到耳朵都快凍裂了。

「這個嘛，我想吃雞肉。外皮要烤得香脆。」

姚兒沒能跟貓貓心有靈犀一點通。不過，吃雞也不錯。

「那得搭配點清爽的菜餚才行。」

貓貓即刻岔入對話。

「也是，有點想吃醋拌涼菜。」

聽了姚兒的回答，燕燕看看貓貓。

「那麼貓貓，蔬菜不夠了，請妳去買來。」

燕燕的眼神在說：「不做事的人沒飯吃。」

不得已，貓貓只好聳聳肩邊發抖邊點頭。

十三話　偷膳賊

表面香脆，裡層肉汁四溢。

光是回想起來都讓人垂涎三尺。

（昨天的雞肉實在是太美味了。）

貓貓一邊想起昨天的晚飯，一邊當差。她一面用藥碾子把藥草咯吱咯吱地磨碎，一面嚥下滿口口水。

燕燕的廚藝實在了得。貓貓自認為還算會下廚，但比不上她。她好像說過她哥哥是位庖人，但本人的廚藝恐怕也不在庖人之下。

外皮烤得金黃香脆，底下藏著淡紅色的雞肉。一咬下去，嘴裡滿溢著肉汁。調味用了鹽巴與黑色的辛辣顆粒，莫非是胡椒？燕燕對姚兒的膳食要求不是普通的高，恐怕光是飯錢就用掉了她幾乎所有薪俸。

而且貓貓最近也常去沾光，飯錢恐怕花得更凶了。

「……」

想到這裡，貓貓稍作反省，心想或許自己也該出點飯錢。燕燕燒的菜比隨便一家館子都要美味，自己好歹也該出點買菜錢吧。

「嗯嗯。」

「妳怎麼在點頭？」

姚兒不知何時來到了貓貓身邊。

「劉醫官一直在叫妳呢。」

「這樣啊。」

貓貓把藥草與藥碾子收一收。

「我來做就好，妳快去吧。妳又做了什麼好事？」

「目前還沒有。」

對，貓貓還沒搞出什麼花樣。目前還沒有。

看姚兒的表情就知道她是在開玩笑。其中也含有妒忌。

貓貓作為藥師的經驗比姚兒她們豐富，因此常分配到跟她們不同的差事。像是採藥等等，常常會讓貓貓跑一趟。姚兒似乎對於不能跟貓貓做相同的差事感到很不甘心。方才的玩笑話也是這麼來的。

（不過已經比以前溫和多了。）

不知是姚兒變了，抑或是貓貓對她的感覺變了。

貓貓前往醫官所在的房間。

「劉醫官有何吩咐？」

「嗯，妳看這個。」

醫官給了她一封書信。信上蓋有蜜蠟，這印章她有看過。

（玉葉后。）

換作是平素的話，她會用別種方式做書信往來，這次卻是由劉醫官捎來，不知是否有急事。

「似乎是希望妳立刻前往宮殿。」

書信內容也是這麼寫的。沒寫細節。

「那麼，羅——」

「不，就妳一個人。」

若是要為皇后看診，身為宦官的阿爹應該更為適任。然而人家卻要貓貓獨自前往，讓她百思不解。

「我想妳心裡可能有疑問，但既然人家這麼說，我也不便說什麼。妳快去吧。」

劉醫官也覺得奇怪，不過對方是皇后。縱然是統領醫官之人，也不能有意見。

「是。」

貓貓聽命行事。

馬車把貓貓從尚藥局載到了玉葉后的宮殿。雖然都在同個宮廷內，但是讓貓貓獨自晃晃悠悠地從外廷走到內廷，總是不太好看。

他們通過幾道門，抵達皇后所在的宮殿。

以前後宮的宮殿已經夠氣派了，但玉葉后如今的宮殿可能比那大出了三倍以上。

貓貓下了馬車，站到門前。門扉自己打開了。來開門的是一位細瘦美女。

（是白羽。）

貓貓想起她來了。她們曾在翡翠宮做過同僚，一起當差。白羽是從玉葉后故鄉來到這裡的三名侍女之一。三名侍女是各差一歲的三姊妹，長得十分相像，但配戴著不同顏色的飾品讓人易於辨識。這一位侍女繫著白色髮繩，所以就是白羽了。

另外兩人則是赤羽與黑羽。貓貓跟么妹赤羽以外的二人沒什麼來往。

「許久不見了。」

平常都是櫻花她們前來相迎，因此貓貓之前出診時沒見到她。

「久候多時了。這邊請。」

看來白羽只想把她當外人。

不同於老資歷的櫻花等三姑娘比較健談，三姊妹較為沉默寡言而成熟穩重。看來她的意思是客套話就免了，快進屋裡要緊。

平常貓貓過來時，櫻花她們總是會心癢難耐地前來相迎，今日卻很安靜。

「……出了什麼事嗎？」

光是只叫貓貓一個人過來就不對勁了。

「皇后就在這房間裡，妳親自問她吧。」

白羽領著貓貓來到迎賓廳後，就速速退下了。

進去一看，玉葉后坐在臥榻上，紅娘就在她旁邊。

貓貓緩緩低頭行禮。

「許久不見了。」

等玉葉后對她說話，她才抬起頭來。

「是，久疏問候了。」

說歸說，其實上回按期看診時剛見過面，所以大概才過了一個月。

「妳知道我為何找妳來嗎？」

貓貓搖搖頭。玉葉后的聲調聽起來比平時低沉，不像這位開朗的皇后平常總是兩眼發亮地問有沒有什麼好玩的事。

（這種表情是——）

貓貓感覺對這表情有印象。貓貓想起初次見到玉葉后時，她與梨花妃對峙時，以及受到原因不明的疾病威脅時不安的表情。

「就別拐彎抹角了，直接解釋比較快吧。紅娘。」

皇后看向侍女長紅娘。

紅娘把布包放到桌上。把布掀開，裡頭是一支簪子。

簪子是銀製的。形狀很有意思，一顆酸漿似的小籠子掛在上頭做裝飾。籠子作工精緻，看得出來不是所有工匠都做得了。

但是——

（有些地方發黑了。）

白銀腐蝕的速度快。發黑使得簪子的魅力減少了一半。而且作工雖然精緻，但整體看來莫名地不對勁，好像少了什麼。感覺就像缺了個零件。

（以皇后的首飾來說好像略嫌粗糙。）

貓貓偏頭不解。

「這是？」

「我戴去遊園會的首飾。」

「遊園會？」

貓貓皺起眉頭。在公開場合配戴就更不適合了，首先紅娘就不會讓皇后戴這種東西。

「我明白妳想說什麼。皇后可不是直接戴著它去遊園會。」

紅娘插嘴道。

（我想也是——）

就連貓貓都嫌有所不足的首飾，在侍女當中格外挑剔的紅娘不可能默許皇后佩戴。也許是與衣裳做了某些搭配，才會戴上這支簪子？

「這是請工匠趕造的，但做得很好。雖然如今發黑了，但原本自然是好端端的。而且小籠子裡放了顆東西點綴，差不多有籠子的一半大。」

「點綴啊。」

在酸漿般的小籠子裡做點綴，也許是玉石？的確，假如裡頭有裝東西的話，看上去一定很美觀，走路時或許還會發出鈴鐺般的音色。

「可是，裡頭最重要的東西不見了。」

小籠子網格細小，看起來不像是掉出來了。

「在遊園會上，我第一套衣裳就是搭配這支簪子。上午為了換一套衣裳，我暫時離席，那時簪子就已經不見了。」

「……」

後宮時期的遊園會流程中，沒有安排更衣的時刻。不過，能接近眾嬪妃的人應該沒幾個。頂多只有侍女能接近她們。

「會不會是其中有哪個侍女手腳不乾淨？」

說的當然不是侍奉玉葉后的侍女，而是來伺候用膳的眾侍女。

玉葉后搖搖頭。紅娘代替她開口說道：

「若只是遭竊還好。但簪子今天混雜在獻給皇后的貢品裡，還了回來。」

假設是運氣好偷走了簪子的侍女，在良心苛責下想物歸原主好了。她能夠再次走運，成功把簪子藏進玉葉后的貢品裡嗎？

（辦不到。）

這是威脅。

意思是：我能靠近玉葉后的近旁，還能將偷來的東西藏進宮中的物品裡。

玉葉后待在後宮時，曾遭到其他嬪妃下毒。如今她成了東宮的生母，宮殿也遷走了，貓貓本以為不會再像之前那麼危險——

『妳隨時想回來都行。』

人家跟她講過好幾遍。也就是問她要不要在玉葉后身邊當差。

貓貓這才發現，那並不是跟她熟識而說的客套話。

「貓貓，妳能幫我抓到犯人嗎？」

玉葉后面露困擾的笑容，握成拳頭的手微微發抖。

貓貓本以為玉葉后是個飄然灑脫的人。

在後宮此一女子苑囿當中，別人對受到皇帝寵愛的女子下手十分狠毒。但她總是保持著笑容。她有著年輕姑娘般的好奇心，同時又有女子的強悍性情，貓貓原本以為她沒有自己一樣能過得很好。

（結果是我想錯了。）

縱然成了皇后並即將成為國母，她終究是個有血有肉的人。

貓貓在皇后宮殿的一個房間，檢查暫時借來的簪子。

人家跟她說今天已經很晚了，要她在這兒過夜。又說已經跟宿舍通知過一聲。晚膳也在房間裡吃了。

從宮殿走到宿舍用不到兩刻鐘（半小時），況且要讓一個外人在皇后的宮殿過夜，想必更不容易。

（大概是找到對簪子下手的犯人之前，心裡總是不安吧。）

話雖如此，難道她沒有別人可以拜託了？

還是說——

貓貓在人家為她準備的房間床上盤腿而坐，雙臂抱胸。

（發黑的白銀。）

白銀會腐蝕。只要一怠於保養就會立刻失去光澤，因此需要隨時擦亮。

王公貴人都愛用銀食器。不，是非得如此。

因為它們接觸到砒毒時會變黑。

砒毒等毒物，會讓白銀迅速變黑。砒毒雖無味無臭也無色，但因為具有此種特性而易於發現。反過來說，銀食器就變得不可或缺。

玉葉后是否有接觸到砒毒？不，先不論心情，至少皇后的身體狀況大致上算是良好。不像是遭人下了毒的樣子。

那麼，簪子為何會變黑？

（簪子是在遭竊之後才變黑的？）

本來想下毒，但未能成功。於是就偷走簪子，用以威脅玉葉后。

（不對……）

這樣太拐彎抹角了。

此事當中或許有著某種企圖，但貓貓無從想像。那人到底想做什麼？

而且還有一事令貓貓介懷。

「沒有被弄壞的樣子。」

據紅娘所說，裡頭原本裝了塊水晶。那塊水晶到哪去了？

（水晶是吧。）

貓貓試著搖搖簪子。石子不可能從縫隙中掉出來。

不過──

白色的小顆粒掉到了貓貓的裙裳上。

「啥啊這個？」

貓貓瞇起眼睛，凝視顆粒。她嗅了嗅味道。

「……」

貓貓準備好水與手巾後，把白色顆粒放到舌頭上。

「……這是……」

當她嚐到一絲味道時，正好聽見了敲門聲。

「貓貓，可以打擾一下嗎？」

還以為是誰呢，原來是櫻花。

「怎麼了嗎？」

換做是平時的話可能是來聊天的，但看起來不像。不過，她來得正好。貓貓也有問題想問她。

「是、是關於簪子的事。」

櫻花神情顯得有些尷尬。

貓貓立刻會過意來了。來得真是時候。

「那個，我想請問一下，用在這簪子裡的水晶──」

她想起之前待在翡翠宮時做過的東西。

「莫非是結晶的鹽巴？」

白色的顆粒，嚐起來有點兒鹹。

貓貓待在翡翠宮時，曾經用小顆的鹽晶慢慢做出大結晶。她把幾顆做得好看的送給了玉葉后。只要不說是用什麼做的，別人一定會錯看成水晶。她們沒告訴紅娘，所以她不知道有這些結晶鹽。

「……真不愧是貓貓，被妳發現了。」

櫻花一臉愣怔地點頭。

「果然。」

貓貓用布拈起簪子搖了搖。

「怎麼會想到用鹽做簪子？那一碰就碎了。」

貓貓在把鹽晶送給玉葉后時，也提醒過她放在潮溼的地方可能會溶化，而且給了她木炭除溼。無論再怎麼美觀，鹽巴就是鹽巴。

「玉葉娘娘最近都快被悶壞了。所以就想說，至少參加遊園會的時候可以有點玩心。」

她說簪子的樣式是玉葉后設計的。

當然，這事沒告訴不知變通的紅娘。櫻花之所以尷尬地來找貓貓，就是為了這個原因。

「要是宴會進行到一半碎了，那可怎麼辦？」

遊園會同時也是眾女子互相品頭論足的時刻。從腳尖到髮梢都會被人審視一番。在後宮的時候，有眾多中級或下級嬪妃為了像玉葉后一樣受寵，而模仿她的穿著打扮。現在恐怕也不少。

要是簪子裡的飾物壞了，會丟人現眼的。

「所以我們安排好在那之前就先換衣裳。想說等半個時辰就能補妝了，應該撐得過。」

這顆形似酸漿的簪子形狀特殊，一定吸引了眾人的目光。大家想必會猜想，小籠子裡裝的究竟是何種晶石。尤其是負責宴會庶務的下女們。

不只限於後宮之內，外頭一樣有許多女子想吸引皇帝的注意。

玉葉后也許是在看旁人猜測簪子晶石種類的模樣取樂。或者是在享受鹽晶隨時可能碰碎的刺激感。

說起來的確符合玉葉后的性情，但同時也是在玩火。

（會不會是哪個侍女想仔細瞧瞧而偷了簪子？）

不是沒有此種可能。不如說若是偷了之後心裡內疚而事後還了回來，還能讓人鬆一口氣。但這可不是說還就能還的東西。

「不好意思，請問遊園會當中皇后的周邊是什麼情形？」

「妳是指什麼情形？」

「就是宴會席次的配置，或是背後的庶務如何安排。」

「我懂了。」

櫻花走出房間，帶著筆墨紙硯回來。她流暢地替貓貓畫了宴會簡圖。

「這兒是宴會的中心位置，也是皇上的席次。對面右方是皇太后與壬——我是說月君。左方是玉葉娘娘，稍遠處是玉袁老爺。老爺的官職目前還是州牧，卻已經跟丞相在同個位置了。」

記得州牧應該是州的最高長官。換言之可以視為茘國以西都為中心的西域全境太守。貓貓腦袋裡還留了一點應試時惡補的學問。目前丞相之位無人。本以為壬氏會取代子昌任職，結果做的似乎是別的官職。

此番遊園會的一大目的是給玉袁賜字，因此席次這樣安排不難理解。當然，其他重臣也各就其位。

「玉葉娘娘當時是在哪兒更衣？」

「這次宮殿就在附近，所以就去了那裡。」

她說宮殿裡也有茅廁，所以侍女們的心情都比前次輕鬆許多。

「只是，廚房有點兒遠。雖說菜餚涼掉是司空見慣的事了，但是要端那麼多人的菜餚過來光看都覺得辛苦。」

試過毒之後菜餚都涼了。貓貓每次都覺得可惜了那些好菜。

「記得鍋子是放在這兒，就在宮殿的旁邊。」

櫻花指指她自己畫的圖。

「……」

貓貓瞇起了眼睛。

「鍋子有人看著嗎？」

「我記得應該沒人看著。大概是準備給末席賓客的份吧。」

需要試毒的達官顯貴的菜餚會另外準備。

「那麼，那個鍋子擺在那兒時，簪子已經不見了嗎？」

「啊！這倒提醒我了，那時正好在準備菜餚。我當時有差事在身，暫時離開玉葉后的身邊，等回來之後大家就吵著說簪子不見了。」

（喔，原來是這麼回事啊。）

貓貓恍然大悟，同時看看簪子。這下她知道簪子怎麼會發黑了。

「貓貓，怎麼看妳一副已經弄懂了的表情？」

「有嗎？」

「有！到底怎麼回事，跟我說嘛！」

這事不能說講就講。貓貓還沒找到證據，只是猜測罷了。

「線索還不夠。」

「誰跟妳不夠啊！跟我說！」

被櫻花逼問，貓貓低聲呻吟。

可是她不說，照櫻花的性子可不會乖乖作罷。

「我明白了。只是，我還有一件事想確認清楚。」

「到底怎麼回事？現在就跟我說嘛。」

「不能現在就說。我不想亂講，讓皇后惶惑不安。」

櫻花鼓起了腮幫子，但還是勉強接受了。

「妳知道當時有哪些人在宮殿嗎？知道幾個就說幾個沒關係。」

「那就——」

貓貓把櫻花說出的名字一一寫在紙上。

說謎底揭曉或許有語病，總之她大致上知道簪子為何會不見了。

可是——

（這樣又有另一個問題。）

把櫻花提供的消息，與貓貓的預測合起來一看，總覺得事情只會往可疑的方向發展。她很想讓玉葉后安心，但不知該不該據實以報。怕反而會徒增她的不安。

（該怎麼告訴她呢？）

就在貓貓想不出法子時，又聽見有人敲門。

（這次又是誰？）

貓貓開門一看，白羽站在外頭。

「怎麼了嗎？」

「天有點冷，怕妳會著涼，所以多拿了條小被來給妳。」

「謝謝姑娘，我自己弄就好。」

「不，妳今天是來作客的。」

白羽用符合端正面容的細心舉止，把貓貓的床鋪好。

貓貓感到有些尷尬，站到窗邊。從縫隙往外瞧，就看到片片細雪正在飄飛。

「難怪會冷。」

接著白羽替火盆添點炭。

「要焚香料嗎？」

「不了，不用。」

白羽雖然動作熟練，但應該沒必要由她親自前來。記得曾聽說她是玉葉后在西都的舊識。貓貓在翡翠宮跟她一同當差過一小段時日，發現櫻花她們老資歷的三姑娘也對白羽抱持敬意。

（怎麼不讓更低階的侍女來就好？）

「不，妳是貴客，不能有所怠慢。」

看來是不小心說出口了。貓貓把嘴巴緊緊閉起來。

（真摸不透這兩位姑娘的心思。）

貓貓不太了解三姊妹當中么妹赤羽之外兩人的性情。她只看過幾次她們挖苦妹妹的模樣。

貓貓默默目送白羽離去，拿出方才寫下的字條。幸好有藏進懷裡。要是被她瞧見，也許會引來一些疑心。

貓貓一邊感到心跳稍微加快，一邊決定早早上床睡覺。

邊想事情邊就寢會無法徹底消除疲勞。貓貓揉著迷糊欲睡的眼睛，讓上半身坐起來。幸好人家有幫她多加一條小被。呼出的氣息泛白，耳朵都凍紅了。打開窗戶一看，外頭積著雪。

貓貓邊發抖邊換下寢衣時，聽到走廊上傳來聲音。

「貓貓，咱們去吃早膳吧！」

櫻花已經來了。

貓貓決定恭敬不如從命。貴園與愛藍也在吃早飯的地方。貴園仍像以前一樣讓人感覺溫柔和順，而且有點兒發福。愛藍似乎又長高了，視線位置比之前更高。矮個子的貓貓很羨慕高挑的愛藍。

看到令人懷念的幾人湊在一塊，貓貓也不禁微微展顏。

「這次的早膳特別豪華，放了乾鮑魚喔！」

「哦哦！」

貓貓也忍不住拍手。也許是從玉葉后的宵夜材料借了一點。

雖然只是風味十足的高湯加上點鹽味的簡單做法，但畢竟材料夠好，美味無比。米也是最上等的，不愧是成了皇后的貼身侍女，吃得出來就連侍女的膳食也提升了一個層級。

貓貓一邊四個人一起閒聊，一邊環顧四周。

「妳怎麼了？」

看到貓貓靜不下心來，貴園向她問道。

「沒事，只是其他人不吃早膳嗎？」

玉葉妃成為皇后之後，除了白羽以及另外兩人，應該還增加了幾名侍女才對。

「喔，白羽姑娘她們在別的地方吃。其他侍女都不在宮殿裡用膳。」

「嗯，我們是很想跟她們增進情誼，但她們三個都太嚴肅了。」

（我倒覺得是這三個姑娘太不拘小節了。）

不過也因此而容易相處。

櫻花她們作為侍女，與玉葉后一同待在後宮的年月較長。但白羽她們原本就跟玉葉后認識，因此櫻花她們講起話來都比較客氣。

紅娘雖然以侍女長身分管束眾人，但貓貓總覺得論地位似乎是白羽比櫻花她們高些。

（好像比之前更明顯了。）

櫻花她們會與其他嬪妃的侍女較勁，但只限玉葉妃被人說壞話的時候。她們把白羽等人當成自己人，想必沒有敵視的意思。

「欸，貓貓。犯人還沒找到嗎？」

櫻花向她問道。

「——很難說。」

貓貓曖昧地回答。

三姑娘的神情頓時變得消沉。

「如果找不到，貓貓，妳就再回來當差嘛。雖然可能會不方便妳調藥什麼的，但我們會想法子替妳徵求許可的。」

「就是呀。這兒的房間比翡翠宮多多了。還有好多爐灶呢。」

「應該也能夠弄到舶來品的藥吧。」

（舶來品！）

她差點就一口答應下來。不成，不成，不成。

貓貓喝點茶讓心情鎮定下來。

「我現在正在請養父與其他各位醫官教我做事。況且這樣會給其他同僚造成困擾，我不能輕易另謀出路。」

她明白玉葉后身邊的差事很吸引人。但她現在若是來到皇后跟前，很多事情在其他方面上就會調整不來。

（例如那個怪人。）

搞不好單片眼鏡軍師會殺來皇后這邊。那個男人只覺得是來見貓貓的，但旁人的眼光卻不這麼看。

玉葉后不可能到現在還不知道貓貓與怪人軍師的關係。

（那只是他自以為，我跟他毫無瓜葛。）

老實講，貓貓懷疑其實自己是別的男客的種。她寧可如此認為。只是不大可能。

若是玉葉后只把貓貓當成可利用的下人還比較輕鬆，但她很賞識貓貓。

（我不能不當回事。）

而且櫻花她們看過來的視線，也讓她坐立難安。

就在貓貓思考著該如何度過這一關時，綁著紅色髮繩的女子過來了。長得很像白羽，但五官比她稚嫩一些。

「怎麼了，赤羽？」

記得這位姑娘應該與貓貓同年。她是白羽的妹妹，也是三姊妹的么妹。不同於兩位姊姊，貓貓跟她多少有些來往。之前就是她替貓貓捎來了小蘭的書信。

「玉葉后叫貓貓過去。」

聽了這平淡的回答，貓貓端起吃完的碗。

「沒關係，放著我們收就好。」

於是她接受貴園的好意，把碗放著。

「等妳的好答覆喲——」

貓貓向揮手的三人行過一禮，就去見玉葉后了。

皇后的房間裡，有紅娘與白羽，以及公主與東宮都在。

公主把玩具拿給滿地爬的東宮看。也許以為自己在哄弟弟吧。

一看到貓貓來了，白羽把東宮抱了起來。

「赤羽，妳來帶公主殿下。」

「是。」

為貓貓帶路的赤羽去跟鈴麗公主牽手。

「我還要玩。」

虛歲應該三歲了吧，好像已經會說話了。但她似乎不記得貓貓，細細打量這張陌生的臉寵。

貓貓感到有些落寞，但心想莫可奈何，於是輕輕揮手。

白羽也抱著娃兒準備離開房間。貓貓不禁抓住了她的衣袖。

「有什麼事嗎？」

對於這種有失禮數的舉動，白羽稍稍板起了面孔。

「可以請姑娘留下來嗎？」

「為何？」

「想請姑娘一起聽小女子說這件事。」

白羽的表情不變。

紅娘走到走廊上，叫住來到附近的愛藍。

「妳看著殿下。」

她把東宮從白羽的手中抱到愛藍手裡。東宮笑著拉愛藍的頭髮，被她苦笑著帶走了。

「貓貓，妳要說的是什麼事？」

玉葉后與紅娘並未問到為何讓白羽留下。看來是覺得直接進入正題比較快。

「是關於這個。」

貓貓拿出暫時借來的簪子。

「妳知道犯人是誰了？」

「小女子不知。但關於簪子為何變黑，以及裡頭的石子為何不見，這兩點小女子應該能夠解釋。」

「真的？」

「是。」

貓貓拿出昨晚請櫻花畫的簡圖。

「玉葉后當時為了補妝而來到宮殿，對吧。而在更衣時，發現簪子不見了。」

「對呀，只是由於沒那工夫尋找，所以先急著換了衣裳。」

（果然。）

並不是簪子一不見就引發了騷動。

「娘娘當時是否並不覺得簪子遭竊，而認為是弄掉了？」

「是呀，因為當時很匆忙。路上頭髮曾被樹枝勾到，所以我以為是弄掉了。」

「……是否就在這附近？」

貓貓指出簡圖上的位置。

「對，就是這兒。旁邊有個車斗，我就是繞過它的時候碰到了樹枝。」

這車斗也許就是放鍋子的地方。

貓貓瞄一眼白羽。白羽的表情不變。

（可能猜錯了。）

但讓她在場，解釋起來還是比較快。

「小女子就直說了。竊以為這簪子不是遭竊，而是弄掉的。」

「……什麼意思？」

「沒有別的深意了。玉葉后之所以如此不安，是因為『簪子在不知不覺間遭竊，而且以威脅般的方式還了回來』對吧？」

簪子發黑，而且其中的晶石不翼而飛。簡直就像在威脅主人也會有同樣的下場。對於王公貴人而言，白銀失去光澤會讓他們聯想到中毒。

「假如我說簪子發黑，以及晶石不見都並非蓄意為之，是否能稍稍減輕玉葉后的憂慮？」

「……這……」

「還有，玉葉后您對晶石消失的原因，恐怕心裡有底吧？」

玉葉后把頭髮纏繞在指尖上，目光到處游移。

「妳就快快解釋清楚吧。簪子裡的晶石是怎麼不見的？」

紅娘心急地催促貓貓。

「玉葉后，您還有相同的晶石嗎？」
「……看來是非得解釋清楚了。」
皇后像是死了心，站了起來。她從房間後頭拿來一個小盒子，讓大家看見裡頭的透明多角晶石。
「可以讓小女子使用嗎？」
「可以，這本來就是貓貓送我的嘛。」
貓貓拿起晶石，然後拿起水瓶。
「可否借用一個容器？」
白羽拿了個茶碗來。貓貓把晶石放進茶碗裡，然後倒水進去。
「……溶化了？」
「要不要嚐嚐看？味道是鹹的，因為是鹽巴。」
「鹽巴！」
紅娘果然並不知情。否則絕不會拿來做成簪子戴去遊園會。
「玉、玉葉娘娘，這是怎麼一回事？」
「呵，呵呵呵。因為它真的很美，而且也沒人察覺不是嗎？」
這種調皮搗蛋的神情才符合玉葉后的本色。比起不安的神情要好太多了。

「但就算是岩鹽也不會有這麼美的形狀吧。」
白羽看著鹽晶慢慢溶化。
「是，小女子只選了成功養成美麗晶石的幾顆。首先讓鹽巴在熱水裡溶化，愈多愈好，然後讓它冷卻。接著放一小顆碎片作為核心，然後取出晾乾。重複這樣的步驟幾次，晶石就會慢慢變大。重點在於吊起晶石的線最好是絲線。」
「……貓貓，難道說妳在翡翠宮一直在做這種東西？」
「……」
現在說這也沒用，追訴限期已經過了。
「也就是說晶石是在水裡溶化消失的嘍。那麼白銀怎麼會發黑？」
「有很多原因會導致白銀發黑。例如——」
貓貓在簡圖的角落畫上一個橢圓。
「雞蛋。」
「雞蛋？」
三人一臉不解。
「是，就是雞蛋。各位有聞過雞蛋腐壞時的臭味嗎？」
三人都搖頭。基本上餿水都有下女去倒，她們可能從沒聞過腐臭。

貓貓一面覺得很難解釋，一面找別的東西比喻。

「煮蛋的味道應該聞過吧。」

「這個倒有。」

「它有種獨特的氣味，但其實有些溫泉地也會有同樣的氣味。」

「溫泉……噢，經妳這麼一說……」

玉葉后似乎有泡過溫泉。自西域來到京城的旅途之中也許有過一兩處溫泉地。

「有些溫泉含有硫黃。其實煮蛋裡也有，有時會導致銀製食器腐蝕變黑。」

「的確是呢。」

紅娘一副「我怎麼都沒想到」的表情。

她知道遊園會吃的是哪些膳食，早該想到簪子怎麼會發黑了。

「簪子掉進了裝了煮蛋的鍋子裡。於是簪子裡的結晶鹽溶化，白銀則被雞蛋弄得發黑。」

李白所說的「鹹得要命的湯」原因大概就是溶化的結晶鹽。

「那麼，簪子怎麼會在鍋子裡呢？是碰巧掉進去的嗎？」

「這就不知道了。可能是碰巧掉進去的，也可能是有人放進去的。」

「妳說可能是有人放的，這麼做有何目的？」

白羽瞇起眼睛。

「假設有人正在準備菜餚時，看到了簪子。這時假若有一位侍女來問『有沒有簪子掉在這兒』，那人會怎麼做？」

可能會說：「是這個嗎？」交出簪子。

也可能會裝傻。

或者是——

「一時驚慌而想把簪子藏起來。」

「所以妳的意思是，那人不小心把簪子丟進眼前的鍋子裡了？」

「是。」

模稜兩可的內容讓貓貓有些過意不去，但仍繼續說：

「就算丟進鍋子裡，遲早還是得撿出來。無論簪子是碰巧掉進去的，還是想暫時藏起來而丟進去的，拿出來的時候都已經發黑，裡頭的晶石也沒了。」

那人想必不敢裝傻拿來還。

「等一下。就算是供膳僕役找到了簪子好了，想還回來應該很難吧？」

「是，您說得對。」

後來簪子究竟是如何回到玉葉后的手邊？

「供膳僕役很難把簪子藏進給皇后的貢品裡。我想一定是找了別人幫忙。」

而原本簪子只是遺失，卻變成了近乎要脅的一件事，原因出在歸還方式上。

貓貓不能確信。但她能猜到幾種可能。

所以她才會請白羽留下來。

然而她看起來態度沒有可疑之處。也許是臉皮夠厚，也可能就只是真的不知情。

假如待在宮殿附近的某人看到了玉葉后身邊的侍女，會怎麼做？侍女要把簪子悄悄藏進貢品裡想必不是難事。

八九不離十，歸還簪子的犯人就是伺候玉葉后的侍女。

明明知道把原形盡失的簪子直接還回來，玉葉后會作何反應。

換成紅娘的話想必會據實說明。她了解玉葉后的性情，沒理由為了怕受罰而慌張。

櫻花她們也一樣。三人都知道結晶鹽的事，能夠解釋清楚，也沒理由隱瞞。

那麼，白羽她們又是如何？

以立場而論，她們似乎會據實以告。玉葉后為人寬大，不會因為毀了一支簪子就施以重罰。

但是，假若她們有不加以解釋的理由的話——

「不覺得這就像是某位侍女為了嚇唬玉葉后，偷偷把簪子還了回來嗎？」

「什、什麼意思？」

紅娘大感困惑。

「沒別的意思了。玉葉后為人開朗又溫柔，小女子十分敬愛皇后。只是小女子也認為，也許有人會怕玉葉后處事如此溫和，無法在這群魔殿堂中求生存。」

貓貓看向了白羽。

她也想過可能是宮殿裡的其他侍女，但在遊園會上陪在玉葉后身邊的人只有四位老資歷侍女與三姊妹。她向櫻花詢問抄下的字條上，沒有不認識的名字。

「噢，是這麼回事呀。」

玉葉后發出傻眼的聲音。她的視線緩緩朝向白羽。

「原來是在警告我皮得繃緊點，別擺出會被旁人看輕的態度呀。」

玉葉后替貓貓說出了她想說的話。

而玉葉后也猜出了犯人是誰。

「我看不是白羽吧。赤羽也不是那種孩子。那就是——」

「恐怕是黑羽吧。」

白羽開口了。說出妹妹名字的聲調冰冰冷冷。

「黑羽……為什麼？」

紅娘很吃驚。玉葉后的神情卻顯得恍然大悟。

「大概是因為日前那封書信。收了信拿來給我的是黑羽對吧。」

「啊！」

（書信？）

莫非是有人送來了什麼危險的東西？

（是政敵寄來的嗎？）

會不會是生下同年皇子的梨花妃？

（不對。）

那麼是曾為東宮，又是皇上弟弟的壬氏？

（這也不可能。）

可是，白羽她們呢？

貓貓不會說白羽她們對玉葉后不忠心。但是在一件事上，她們與老資歷侍女們明顯不同。

「小女子有一事想問白羽姑娘。妳沒懷疑過偷走簪子並送回來的人，有可能是壬總管嗎？」

「……照常理來想應該是他吧？」

「白羽，妳之前不是說不會是他嗎？」
玉葉后面露苦笑。玉葉后知道壬氏根本不想要皇位繼承權。
紅娘與櫻花她們也對壬氏備感親近，想必不會懷疑是他在騷擾皇后。
貓貓也很明白壬氏把自己的身分地位視為包袱。
所以她故意試著講點站在白羽立場的話。
「玉葉娘娘如此溫和，難保不會有奇怪的人在不知不覺間潛入娘娘身邊。」
「恕我直言，正是如此。」
不知為何，白羽看向貓貓。紅娘露出一副「確實如此！」的神情。
（妳們這什麼反應啊。）
貓貓變得有些尷尬。
「玉葉娘娘應該要明白，您現在是四面受敵呀。」
「我明白。可是，沒必要連朋友都這樣百般提防……我問妳，白羽，是父親大人命妳這樣傳話的嗎？」
「……不是，是我個人的看法——」
白羽繼續說下去，一雙鳳眼對著玉葉后。
「但娘娘難道認為玉鶯少爺也值得信賴？」

（玉鶯？）

這名字是頭一次聽到。從名字聽起來，也許是玉葉后的親屬。

「玉鶯少爺的信上寫了什麼？」

「……黑羽偷看了信啊。」

玉葉后彷彿恍然大悟，頹然垂首。

（偷看？到底怎麼回事？）

貓貓有聽沒懂，只知道名喚玉鶯之人似乎是個狠角色。

「他是我的哥哥。信上並沒有寫什麼奇怪的事。」

貓貓聽說過玉葉后有個哥哥，如今正代替父親統治西域。怪人軍師的副手陸孫應該已經去輔佐他了。

這位哥哥又怎麼了？

「是嗎？那麼，當侍女一個又一個離去時，玉葉后知道是誰找遍理由不送新的侍女給您嗎？」

（！）

「我們不來，玉葉娘娘如何才能過上一天安心日子！」

白羽加重了語氣。不像她平素冷靜的性情。

（我待在這兒對嗎？）

自己是個外人，也許該立刻離開才對。可是氣氛又不允許她開溜。

「既然玉葉后您不說出書信的內容，那就由我來說。當我自西都啟程時，玉鶯少爺收了一名異族的年輕姑娘做養女，如今已過了一年。我看也已經把她教育成了一個良家姑娘了吧。」

「白羽！」

「紅娘侍女長，我不會像黑羽那樣拐彎抹角，我有話直說。不管他是玉袁老爺的兒子，還是玉葉娘娘的哥哥，那個男人就是不能信任。他把一個長得跟玉葉娘娘如出一轍的姑娘送進後宮，誰知道有何居心？假如皇上看上了那姑娘，或是東宮看上了她，玉葉娘娘又在這時出事的話，您知道會有何後果嗎？」

白羽這番話不過是假設罷了。但將來也不是絕無可能發生此事。

「父親大人不會讓他這麼做的。」

「玉袁老爺才智過人，自然能夠看穿玉鶯少爺的膚淺企圖。」

「那不就沒問題了？」

紅娘回答，神情像是鬆了口氣。

「是呀，玉袁老爺才智過人，想必會選擇更有利可圖的一方吧。」

白羽用嘶啞的嗓音說了。

「如同過去滅了戌字一族的時候那樣。」

（戌字一族……）

記得那是昔日統治過西域的賜字家族。聽說他們招引了女皇的反感而被滅。

「玉葉娘娘對我們有恩。我們之所以在您身邊效犬馬之勞，也是為了保護您。但是我……我們從來沒把玉袁老爺與玉鶯少爺當成主人。」

白羽講得清清楚楚，貓貓感覺她的眼中彷彿微微蘊藏著火光。

（白羽過去看到了什麼？）

貓貓只能想像。她沒資格介入得更深。

「請娘娘多多提防玉鶯少爺。求求您，我求您了——」

白羽緩緩看向貓貓。

「將來的事情難以預料。娘娘應該拉攏些值得信賴的自己人。」

玉葉后與紅娘的視線移向貓貓。

「……各位有何指教？」

她有種非常不好的預感。

「貓貓，期待妳的好答覆喲。」

玉葉后用小狗般的眼神望向貓貓。

「妳一定不會坐視玉葉娘娘中毒病倒吧。」

紅娘臉上浮現一絲淺笑。

「世上有些人說來說去，就是不會辜負他人的信賴呢。」

白羽恐怕是存心這麼說的。

貓貓一邊躲著三人令她尷尬的視線，一邊感覺到自己又被逼進死胡同裡了。

十四話　圍棋賽　前篇

啪的一聲，貓貓拍打了白布條。

秋風送爽，晾起的白布條與藍天相映成趣。藍天萬里無雲，與貓貓烏雲密布的心境真是恰恰相反。

她還以為自己出不了玉葉后的宮殿了。是因為劉醫官派人來聯繫，貓貓才得以脫身。這位長官雖然嚴格，但也會負起對部下的責任。

玉葉后陷入的困境超乎想像。而且還不是簡單明瞭的政敵，而是棘手的自家人逼她落入如此田地。

（哥哥啊……）

貓貓曾聽說皇后是妾室之子。玉袁年事已高，這個異母哥哥玉鶯與皇后的歲數差距想必很大。

名門世家時常有著複雜的家族關係，玉葉后也不例外。

（今後不知會如何發展？）

照白羽的說法聽起來，玉袁這人似乎也不簡單。假如他之所以站在玉葉后這邊，是因為她如日方升，那麼萬一她失去皇上的寵愛呢？或是東宮有個萬一的時候，她的處境就堪憂了。

（看來就算對權力不感興趣，有時還是得靠權力才能生存。）

貓貓一邊嘆氣，一邊把手探進冷水裡。指尖都快凍裂了。今後天氣還會變得更冷，做洗滌差事著實辛苦。一心敬愛小姐的燕燕已經在準備藥膏，以免姚兒皮膚乾裂。

她眺望蔚藍的天空，無意間想起了一事。

（那幅畫究竟是什麼意思？）

貓貓想起了一幅畫。就是名叫家私鼓兒的小姑娘畫的詭異圖畫。

這讓她想起，西方巫女應該就這麼留在茘國了，但不知道日子過得怎麼樣。雖說曾為上級嬪妃的阿多想必會負起責任照料她，所以不可能出什麼奇怪狀況——

只是貓貓重新體會到，阿多雖已非嬪妃，卻一口氣擔負起了社稷的陰暗面。

子字一族倖存的孩子們、雖未得朝廷承認卻是先帝外孫女兼當今皇帝的甥女翠苓，以及被認為已死的砂歐巫女。

那位男裝麗人可說無所不能，然而旁人不知會如何看待此事。不，當然一切都是祕密行事，貓貓也不認為會那麼容易穿幫。

但是，宮廷是個可怕的地方，也有很多人鼻子特別靈。

（只希望別被莫名其妙的人察覺才好。）

貓貓一面忽然這麼想，一面把水盆底下殘留的水倒進水渠。

「我看這下啊，整天都沒差事了。」

劉醫官一臉傻眼地說了。

尚藥局門可羅雀。換作是平常的話，到了這個時辰應該會有眾多受傷的武官絡繹不絕才是。

「畢竟總帥都率先偷懶了，無可厚非啦。」

年輕醫官天祐面露苦笑的同時，神情也顯得有些遺憾。他手裡拿著圍棋書。

「文官偷懶的更多，好像為了今天誰可以休假而吵了個老半天。不像武官可以找藉口說去巡視，真教人羨慕。」

貓貓知道天祐今天為了休假拚了命，結果還是得當值。

尚藥局要有固定幾名醫官常駐，因此比其他部門更難休假。

「既然這麼清閒，能不能就放咱們散值算了？」

這種喪氣話對劉醫官是不管用的。

「難得有這閒工夫，就來把所剩不多的藥調合起來吧。」

嚴格的老醫官露出壞心眼的邪笑。

一聽到要調藥，貓貓兩眼發亮地靠近劉醫官。

「需要調製些什麼呢？」

「啊，嗯，抱歉毀了妳的興致。」

劉醫官輕輕拿來一個布包。

「去幫我跑腿吧。」

貓貓一張臉頓時垮了下來。

「妳是不是想說『這老頭子在說什麼啊』？」

「豈敢。」

貓貓忍不住語調平板地回答。

「那、那個，要跑腿的話我……」

「你不行。」

一句話就被回絕了。對方指名要貓貓，讓她擔心起跑腿的內容來。

「妳去把東西送到這兒。」

劉醫官輕輕拿出一份地圖給她看。地方在京城的一個區域，是個廣場。以前白娘娘就是在那附近的店家表演奇術。

「……您說這兒嗎？」

「別一聽到要去這兒就滿臉的不情願啦。」

她之所以不情願，是因為那座廣場碰巧正在舉辦遊藝活動。

也就是圍棋賽。不用說，她也猜得到誰在那兒。不知道動用了什麼權力，借到了這麼好的頭等場地。

賽事為期兩天，規模想必相當大。

「漢醫官應該也在那兒。明明不當值，卻率先去那兒幫忙。」

貓貓隱約可以看出劉醫官的心思。

（想派人去當堤防。）

沒人知道怪人軍師會捅出什麼漏子。有阿爹在，想必能預防一些騷動發生。而貓貓也是基於同樣理由，才會被派去跑腿。

「人只要一多，即使是圍棋之類的遊藝，或許也會有人覺得身體不舒服。我也覺得這事本來是不該勞煩到醫官的，但這種時候不是更該伸出援手嗎？」

講得有點矯揉造作。

八成是大賽主辦人羅半安排的。

阿爹不會拒絕，對付貓貓則是用上了她無法拒絕的上司劉醫官。

（太不像話了。）

為何對圍棋有興趣的燕燕就能跟姚兒一起休假？

「這是差事，妳能辦妥吧？」

被劉醫官再次叮嚀，貓貓只能點頭。

至於羨慕得要命地望著她的天祐，就視若無睹吧。

不用特地看地圖，只要看著手拿圍棋書的人潮流向何方，就知道往廣場的路了。

不分男女老幼，眾人齊聚一堂，在廣場擺下棋盤。會場只掛起了勉強能遮風的布，再把棋盤擺在木箱上，寒酸得很。在這年關將近的時節辦戶外遊藝，會害人染上風寒。

（可是……）

人潮一聚集起來，就連這般寒酸的會場看起來都頗為盛大，而且不可思議地有種暖意。在大街上做買賣的飯店，都把生意範圍擴大到這兒來擺攤。孩子們央求著母親買糕餅給他們吃。有在賣暖身的薑湯或酒，不過酒已經熱過以去除酒精。

（畢竟慶典上有些傢伙一喝酒就鬧事。）

也許是主辦人的規定。

不只是圍棋相關商品，連將棋棋子、葉子戲[牌戲]與麻將等等都有販賣。還有首飾舖也來擺攤。連那些對圍棋不感興趣的人，都被人潮吸引聚集而來。

（很像是羅半會幹的事。）

畢竟那混帳就愛做生意。一定還跟人家收了場地錢什麼的。

貓貓鑽過人群的縫隙前進，看到了熟悉的面孔。

「姚兒姑娘、燕燕。」

兩人就在那兒。姚兒正在替小孩破皮的膝蓋擦藥膏。燕燕正在為發抖的老人提供藥湯。

「貓貓，妳怎麼沒在當差？」

姚兒神情納悶地看著她，好像在講她偷懶。

「劉醫官叫我跑腿。我倒想問兩位姑娘在做什麼。」

「喔，還不都是妳的『哥哥』害的。」

聽到姚兒這麼說，貓貓半睜著眼看她。

「他說正在休假的漢醫官被派來做事，一個人忙不過來，所以希望我們也能來幫忙。」

「妳們大可以拒絕呀。」

雖然對阿爹過意不去，但兩人今天不當值，沒有義務像在尚藥局那樣當差。真要說的話，這種事本來就不該找上阿爹或姚兒她們，應該僱用民間大夫之類的才是。

不只如此，竟然連貓貓都要利用。
很像是鐵公雞羅半會幹的事。
「勸妳們還是跟他收錢吧。」
貓貓打定主意要向那個捲毛圓眼鏡敲竹槓。
「我無所謂呀。反正我對圍棋不是很感興趣。」
她替小孩子塗完藥膏，說一聲：「好嘍。」
「謝謝姊姊。」
小孩子向姚兒道了謝。
（哦哦。）
姚兒也面帶微笑，向小孩子揮手。然後她察覺到貓貓的視線，霎時繃緊了一張臉。
燕燕偷偷豎起大拇指，像是在說：「看，我家的小姐多可愛啊。」看來不用下圍棋，燕燕一樣能自得其樂。
「妳說要跑腿，是要找漢醫官吧？醫官就在那兒。」
姚兒指出之前白娘娘用過的戲場。那是一棟相當大的樓房，經常用來舉辦遊藝，但封閉了很長一段日子。
「其實本來是只想在那邊辦的。可是……」

棋盤都擺到了廣場上。怎麼想人都太多了。

「是很想說成盛況空前，但不管怎麼看都超出了能容納的人數呢。」

幸好還能緊急把會場擴展到廣場上，但也造成了各種問題。

想必也會有人受傷或身體不適。要是能在更暖和點的季節舉辦就好了。

燕燕照顧的老人身體似乎好起來了，咧嘴露出缺牙的前排牙齒，又想去下棋，於是她們幫他圍了條手巾。外頭雖是晴天但空氣乾燥，萬一有人喉嚨不舒服咳嗽，會讓風寒一口氣傳染出去。

這事阿爹自然清楚得很。在下棋的人們身邊有人拿著大酒壺與碗走來走去，只要下棋者舉手，就有人倒一碗酒壺裡的飲料給他。應該是有助於保護喉嚨的香橙茶或薑湯吧。也會提供氅衣給冷得發抖的人。

對於仍然怕冷的人還準備了火堆，所以應該是能做的都做了。

「啊，貓貓。」

燕燕靠近過來，在她耳邊悄聲呢喃：

「除了漢醫官之外，漢太尉也在那邊。」

「……」

貓貓一臉厭惡地看著包袱。

「我是很想代妳跑一趟，但還是希望能由貓貓妳去。」
「……為何？」
「燕燕等這邊的差事做完了，就要向太尉討教一局。」
「是。真是我的榮幸。」
換言之，她們似乎是要貓貓乖乖去怪人軍師那邊。
「竟然不用付錢就能與太尉下一局。」
「呃，不用付錢？」
「是，原本要收十枚銀子的參賽金，但人家說只要願意幫忙就不收錢。」
（不是，這本來就不用成本的吧？）
她反倒想問這事有付這麼大一筆錢的價值嗎？
「畢竟以我們的薪餉來說，那個金額會讓人有點下不了手嘛。」
（不，姚兒妳的飯後點心也不便宜喔。）
難道她不知道每日食用的那些美容、健康、豐胸成分豐富的點心有多高級，一個月要花多少銀子？
（大概是故意不讓她知道吧。）
不愧是燕燕。

「別大聲嚷嚷。在廣場贏了三局的人可進入戲場，在戲場再贏了三局的人，才能獲得向太尉挑戰的權利。」

「不是付錢就能下棋啊？就算最快只下六局，也要花很多時間耶。」

貓貓偏頭看著燕燕。

「是，要贏了才有挑戰權。還有，大賽會持續到明日。我覺得自己不太可能贏六局，所以能得到太尉指導真是太幸運了。」

那傢伙到底是有多高高在上？貓貓大感傻眼。而且大賽第二天也就是明天，貓貓不用當差。

（絕對會被叫來。）

貓貓一邊不屑地啐了一口，一邊前往作為正式賽場的戲場。

十五話　圍棋賽　幕間

「好，這樣就結束了。」

麻美處理完一件公務，伸了個懶腰。原先堆積如山的文書全都分配給了本來該負責處理的人，使得月君的書房比之前整齊乾淨許多。

此時房裡除了麻美，還有另一個人。她的弟弟馬良坐在房間一隅區隔出來的地方不動。

「良兒，快好了嗎？」

房裡只有他們倆，麻美對他講話便比較不拘禮數。不，其實就算月君在此，她一樣是如此對弟弟說話。

「今天之內做得完。」

由於沒有外人在，馬良講話也變得不拘禮數，把蒼白瘦弱的臉孔迅速露出來。不過她這弟弟除非是面對親近的人，否則別說出聲，連人都不會現身。

「這裡頭，夾雜了一份不相關的東西。」

馬良輕輕把一紙文書交給她。

「應該是漢公那邊該處理的。」

「漢……？」

聽到姓氏一時反應不過來。

「就是那個羅字的人，漢太尉。」

「喔，怪人軍師啊。這樣叫會搞混，下次說清楚點。」

弟弟雖然孤僻，對於哪個部門的人姓啥名誰卻記得清清楚楚。明明是個才俊，卻身心孱弱。可見一個人要心技體兼備實為難事。要是能跟另一個弟弟多餘的強壯體魄加起來各分一半，兩邊一定剛剛好。

「如果不用急的話，我晚點再拿過去。」

「這樣好嗎？」

「反正就算急著拿去，大概也沒用。」

麻美從懷裡輕輕拿出一張紙。紙上印著「圍棋大賽」的概要。

「對喔，是今天。」

馬良也對圍棋有點興趣。但他沒有勇氣前往人潮洶湧的地方，就算去了恐怕也會因為人擠人而頭暈昏倒。

「他算是主辦，一定沒在當差吧？」

「……不會出問題嗎？」

馬良又躲回屏風後頭，只發出擔心的聲音。可以聽到他啪啪翻紙的聲響，看來他並不打算休息不做事。

「那是他活該吧？」

怪人軍師漢羅漢似乎與月君處得不好。可能是因為如此，羅漢塞給月君的公務比誰都多。近來麻美整天就忙著把分類好的整堆文書塞給羅漢。

「不過真讓我吃了一驚，沒想到塞給他的公務，他還真的都做了。」

他們的確已經談好，以處理公務為代價提供他圍棋大賽的賽場。但按照怪人軍師的性情，麻美本以為他會想各種花招推三阻四。

「本來還想說若是行不通，可以用別的法子的說。」

杠費她想好了安排每餐送紅蘿蔔粥過去的低調整人作戰。此外，漢太尉討厭紅蘿蔔此一小道消息，是從他的養子那邊聽來的。

「聽人家說，漢太尉如今睡眠只有平常的一半時辰。」

「咦，你這話哪兒聽來的？我怎麼都沒聽說？」

「有次阿姊不在時羅半閣下來了，跟壬總管口若懸河地講了一堆，我正好聽到。」

「欸，那傢伙到底是站在誰那邊啊？」

麻美雖然也得到過他提供的消息，但仍忍不住這麼說。

「那他身體狀況還好嗎？」

自從把公務塞給太尉以來，已經過了滿長的一段時日。

「雖說睡眠減少了一半，不過他說太尉平素一日當中有半日都在睡覺，所以不成問題。」

「那傢伙是哪家的小娃兒啊？」

馬良臉上寫著「叫人家那傢伙太失禮了吧」。站在麻美生過兩個孩子的立場，她甚至覺得要是家裡娃兒能像他那麼嗜睡，不知有多好帶。

附帶一提，近來月君的睡眠甚至不滿三個時辰（六小時）。但之前還比這少了一半，可見他原先有多操勞過度。

大概是真的很想讓自己主辦的大賽成功吧，太尉現在乖多了。怕公務累積著做不完，上頭的許可會下不來。

因此，太尉這數日以來認真辦公到讓人懷疑天要下紅雨，據說還讓軍部一時之間議論紛紛。

多虧於此，最近月君都能早點辦完公務回府，今明兩日更是放了個不知幾個月沒放到的假。

「不過也真不可思議。」
「什麼事不可思議啊，良兒？」
麻美一邊拿起整疊文書在桌上敲兩下對整齊，一邊回問道。
「只是在想太尉為何要舉辦圍棋大賽。我本來以為他比較擅長而喜愛的是將棋。」
「……他不是圍棋也很厲害嗎？」
「厲害啊，都說只有棋聖能下贏他。可是……」
馬良頓了一頓，像是在思索此事。
「若換成將棋，就無人能敵了。根本是妖魔鬼怪。」
「說成妖魔也太……」
簡直好像說他不是世間活人似的。
「太尉看見的世間萬物，一定跟我們不一樣吧。複雜奇詭而令人興味盎然。所以或許是周遭的人都太單純，他才會分辨不出差別。」
「講得好像你很了解他似的。」
麻美探頭看看屏風後頭的弟弟。
被文書圍繞的馬良不曾停手，把文書一份接一份地處理好。
「在考科舉時，像他那種人多得是。眼睛看見的世間萬物，不同於他人。羅半閣下就是個好例子吧。像我這種人，在他們當中就跟凡人沒兩樣。」
「你如果是凡人，那我算什麼？」
「阿姊是姊姊，是妻子，也是母親啊。」
「那不就很普通？」
她雖然現在有在當差，但家裡還有孩子們。不過孩子都很親近奶娘，也已經斷了奶，所以不成問題。
丈夫是武官，不能確定此時是在當差，還是在觀賞圍棋大賽。他能准許麻美再來當差已經算是個好郎君了，因此這方面就不予追究了。
「普通才是最難的啊……真令我羨慕。」
馬良呼出一口氣，從抽屜裡取出裝了茶的竹筒來喝。裝在茶碗裡可能會灑到文書上，所以他都裝在水壺裡。
「所以我才不懂。」
麻美本來想問他不懂什麼，但作罷了。
「一個不屬於凡人的人，為何要執著於舉辦大賽？」
馬良一副由衷不解的神情，又打算繼續處理公務了，於是麻美也準備回去做事。
「我現在有別的差事要做，放你一個人可以嗎？有什麼問題，你就找外頭的衛兵。」

「……我知道，阿姊。」

麻美雖感到有些不安，但仍離開了書房。

將文書送至各個官署後，麻美的職務看似就此結束，但她還有一件差事得做。

她前往月君的宮殿。可能也因為要接近內廷的關係，前往該處需要經過幾道門，並出示符節。

樸質無華的宮殿，以皇弟居處而言乍看之下略嫌素氣，但使用的材料卻是堆金砌玉。要是有哪個官員笑這宮殿過於簡素，等於宣稱自己有眼無珠又愛炫富。

宮殿守衛認出了麻美，放她通行。

甫一進宮，就飄來一股好聞的甜香。她順著香味前往膳房，看到一名初入老境的女子正在用四方形模子烘焙糕餅。

「妳來啦。」

月君的侍女水蓮和藹可親地笑著。

「叨擾了。」

麻美遵守禮法行過一禮，看看烘焙點心。

「看起來真美味。」

「是呀。烤得很好，不過其實已經烤了幾份，在一旁放涼。還有幾個是數日前就做好的，現在要來試吃看看哪一個味道最好。」

「那我來得真是時候呢。」

對麻美來說是撿了便宜，但不能忘了辦正事。絕不可以想著能不能帶幾個回去給孩子們當禮物。可是，孩子們若是吃了一定會很高興，讓她想了就不禁展顏微笑。

「怎麼了？」

「沒、沒事。有蒸的，還有烤的呢。」

「是呀，蒸的形狀比較好看，但還是烤的較能凸顯出馥郁的香氣。」

帶有焦痕的，似乎是裝在月餅模子裡烤出來的。

水蓮輕輕用菜刀切開，給她嚐嚐。

裡頭放了很多果乾，不過口感不同於月餅。

「來，也嚐嚐這個。」

水蓮把蒸出來的給她。這種的口感輕柔鬆軟，但比較不那麼齒頰留香。

「能否用水蒸的形狀來烤呢？」

「我也是這麼覺得的，所以呢……」

水蓮拿了裝在四方形模子裡的點心過來，切了一塊給麻美。

「這個最可口。」

差點讓麻美臉上展露微笑。這一種吃起來輕柔細密，同時增添了核桃的口感，棗子與葡萄乾的甜味慢慢滲透。除了酥（奶油）香之外，還夾帶著另一種香氣。

「那麼，再嚐嚐放了三日的。」

麻美嚐一口水蓮拿來的另一份點心。這一種嚐起來，果實的風味已經遍及整塊糕餅。可能是為了防止乾燥，表面塗了甜汁，使它更是溼潤美味。

「……可否讓我帶點回去，給孩子們嚐嚐？」

話一不小心就說出口了。麻美心想「糟糕」，不由得摀住了嘴。

「哎呀。那麼，那份不行。這邊這些的話儘管拿去吧。」

不知道她究竟做了多少份。打開櫃子一看，裡頭擺滿了好幾種改變製法做成的點心。

「妳現在吃的這份，是明日要獻給小殿下的。妳之後再來拿吧。」

「明、明白了。」

麻美一面感到有些遺憾，一面把剩下的小塊吃了。她今日似乎是被找來試吃的。

「我本來怕選不出最好的一種，這下就妥當了。謝謝妳。」

「不會。不過，我今日的差事這樣就結束了嗎？」

「是呀，妳偶爾也該好好休息一下。雖說孩子們已經不需要照料了，但不去看看他們，

小心他們把妳這娘給忘嘍。」

這真是說到痛處了。她喜歡當差，但當然也疼愛自己的孩子。

「請問月君何在？」

假如他在，麻美打算致個意再退下，但水蓮搖搖頭。

「小殿下今日一整日都在跟著師傅學習，就別去打擾了吧。當然，我會請他早點歇息以免影響到明日的，放心吧。」

「我還以為他去看圍棋大賽了呢。」

麻美知道他好學不倦，所以並不覺得奇怪。

「啊——也是，他還沒去。先別說這個了，麻美，妳想不想成為小殿下的貼身侍女？看小殿下總是回來得早，就知道妳一定很能幹。」

「……侍女差事恐怕有點困難。畢竟我還有孩子。」

要是那樣做，她就得一直跟水蓮待在一塊了。她聽曾經同為月君奶娘的母親說過水蓮的種種事蹟，覺得自己辦不到。

水蓮現在還會退讓一步與自己相處，但等到成為同僚就可怕了。

「這樣呀，真遺憾。那我得另找侍女才行了。」

水蓮用顯得不怎麼遺憾的口氣說道，讓麻美覺得她似乎另有人選。

麻美請水蓮替自己包了點心，來到宮殿外。

包裹中傳出好聞的香味，但比起方才吃的那種，好像少了點什麼。

麻美一邊感到不解，一邊輕輕仰望天空。

「明天似乎又會放晴呢。」

她一面想著圍棋大賽不知辦得是否成功，一面看看烘焙點心的包裹。孩子們開心的神情一一浮現眼前，就讓她流露出自然的笑容。

十六話　圍棋賽　後篇

真想走人。

貓貓一邊把蜂蜜、生薑與柑橘榨成的汁加進水裡攪拌，一邊心想。

地點跟昨日一樣，在圍棋大賽賽場。貓貓在戲場的角落一個勁地調飲料。

昨日她當值，今日明明不用輪值的說。她原本想在宿舍悠哉打混，看看向劉醫官借來的醫書還是什麼的。

結果又跑來了這種地方。

姚兒與燕燕也來了，說是跟昨日的貓貓一樣，是被劉醫官差來的。燕燕喜愛圍棋，當起差來也顯得很愉快。

貓貓也很想跟兩人一起做事，但阿爹跟她說：「妳的差事在這邊。」把她叫來了戲場。理由不言自明。

她不太想回想起昨日被帶來這裡時的狀況。

只能說就是某個老傢伙一看到貓貓就開始大鬧、鬼叫，驚動了阿爹來勸。

戲場裡擺下了許多棋盤。在外頭贏了的人似乎會在觀眾席那邊各自對弈，然後連勝幾場的人再上來戲臺弈棋。

昨日僅有數人脫穎而出，因此與怪人軍師的棋戰採一對一的方式。

今日脫穎而出的人數多了，所以這時怪人正同時跟三人對弈。

貓貓心想：他腦袋都不會混亂嗎？但從這點而論，看來怪人終究是名不虛傳。雖然日常生活無法自理，但只見那些人一個又一個，低頭鞠躬後離開棋盤。

怪人軍師偶爾會往這邊看過來對貓貓揮手，但她當作沒看見。

「貓貓，做好了嗎？」

姚兒拿著茶壺過來。

「好了。柑橘快用完了，希望能補充一些。」

貓貓把方才調製的蜂蜜飲料咕嘟咕嘟地倒進茶壺裡。

「知道了。」

「還有。」

「什麼？」

「要不要換過來？」

都是貓貓待在屋內，讓姚兒與燕燕一直在外頭跑不好意思。

「啊——沒事。沒問題。」

姚兒拍拍豐滿的胸脯，就像在說：「別放在心上，交給我們吧。」

「別說這個了，點心的備量還夠嗎？」

她們不但要四處巡視有沒有人身體不適，還要發點心給參賽者。說是已經包含在參賽金裡了。

「我想很快就會不夠了。」

貓貓偷瞄一眼怪人軍師那兒。那傢伙身邊放著堆積如山的月餅與甜饅頭等等。

據說下棋需要用腦，會想吃甜食。

分送點心似乎也是為了這個理由，不過八成是羅半想到的。饅頭與月餅，用的都是甘藷餡。

甘藷尚未在市集上流通。大概是有意於今後大力推廣甘藷吧。

甘藷味甜，能減少砂糖用量，物料錢應該能便宜些。

附帶一提，還有攤子販賣這種分送的點心，讓參賽者以外的人也能吃到。吃了喜歡的人應該會買回去。真是夠精明。

「外頭情況如何？」

「大致上還算平安吧？不過就是有人連輸幾場就打起來，還有小孩子在人群推擠下摔倒受傷。」

「有人打架？」

這算是意料中事。人只要一多，難免會起點騷動。

「只受了點擦傷。有的武官跑來到處閒晃偷懶，所以立刻就上前阻止了。真不知道該算是有在當差，還是沒有。」

姚兒一臉傻眼地提起裝滿了的茶壺。

「那麼，我去補點甜食與柑橘嘍。」

「是，有勞姑娘了。」

貓貓目送姚兒離去。

「大姊，我贏三場啦。」

有人來叫貓貓，於是她到戲場門口替新來的參賽者辦手續。

（另外請個人看櫃檯會死啊。）

羅半擅自把事情分配給她，就不知跑哪兒去了。

一個大叔走過來，把各自寫上了贏棋對手名字的牌子交給她。

贏了就能拿到對手的名牌。集滿三塊，就可進入正式賽場。

但是三勝的方式各有不同，也有參賽者淨挑些棋藝不精的對手贏棋。她問過羅半這樣算不算違規，他的說法是：「只要有付參賽金就沒問題。」
（反正不管怎樣，棋藝不精的傢伙都會被痛宰。）
輸了一局之後，又得回廣場去。
貓貓把新的名牌、飲料與一個月餅拿給對方。
「右邊觀眾席有人正在等候與人對弈。請立刻與正在等候的人對弈。」
不能挑選對手。大叔雖露出有些不悅的神情，但不得已，還是去了右邊的座位。
假如有人耍賴挑剔對手，貓貓準備立刻請那人出去。
為了提防怪人捅出漏子，周圍除了阿爹之外，還有怪人的幾名部下候命。
「抱歉，可以請小姐補些月餅嗎？」
一名看起來膽怯懦弱的男子對貓貓說了。
此名男子並非參賽者，而是怪人的部下，是最近才來代替陸孫做陪侍的。看起來不大像是武官，是個個頭中等的男子。之前怪人喝果子露喝到食物中毒時，在一旁慌張的副手就是他。
陸孫是個不好欺負的美男子，這名男子卻給人一種畏畏縮縮的感覺。
「這就給您。」
這麼快就吃完了？貓貓一臉傻眼，不耐煩地把所剩不多的甜饅頭拿出來。

「請。」

「呃，不是，那個……」

部下露出一種極其難以啟齒的表情。

「……可否由小姐送去羅漢大人那邊？」

「……」

「對、對不起。小姐似乎有要務在身，我自己拿去就好。」

他一瞧見貓貓的臉，就收回了前言。很高興他如此明理。

「貓貓啊……」

她聽見有人悲傷地喊道。正在奇怪是誰，才發現阿爹站在她背後。

「不可以露出這種表情。」

「哪種表情？」

貓貓揉揉自己的臉，才發現太陽穴似乎在抽筋，嘴唇歪扭到都變形了。

「真是對不住。」

阿爹一面向那部下道歉，一面看向那個老傢伙。

「羅漢這陣子是不是身體不大舒服？」

「醫官看出來了？」

部下看著阿爹。

「羅漢大人似乎相當期待今日的大賽，十分難得地，從來沒有過地，著實令人無法置信地，是的，真的，以大人來說，似乎相當賣力地處理了許多公務。」

「……」

那傢伙平素到底是有多不愛做事？

「大人平素總是上午來辦公，太陽還沒下山就早早走人，如今卻跟大夥兒一樣待在書房裡，更驚人的是連午覺都沒睡。」

「以那孩子來說，算是很認真了。不像平素一日當中有一半都在睡覺。」

換言之就是總算像個人了。

阿爹定睛盯著怪人軍師。

貓貓看不出他那樣有哪裡不同，但似乎是累了。

那傢伙下棋時顯得格外地生龍活虎，所以不容易看出來。

「我想他明日起大概又要辦公了，但不好意思，能否給他一點補眠的工夫？他睡眠一不足，判斷能力就會大幅下降。」

「哪來的什麼判斷力？我倒覺得他成天就像匹脫韁野馬。」

貓貓小聲一說，阿爹顯得有些落寞地垂著眉毛。

說來說去，阿爹還是很寵那個怪人。

「貓貓，我去外頭繞繞。」

「好。有事我再找你。」

只要從附近找個武官應該就行了。

阿爹與貓貓之所以被叫來，八成是羅半打算拿他們當怪人軍師的堤防。怪人目前還算安分，而對阿爹來說，看看外頭有沒有人身體不適似乎更要緊。

「外頭人很多，小心點啊。」

「沒事的。」

說是這麼說，但阿爹一條腿不方便，拄著拐杖。貓貓一面擔心他會不會被人群擠得摔倒，一面偷吃月餅。

「怎麼不準備些煎餅？」

雖然可口，但若是再來點鹹的更好。貓貓任性地作如此想，同時再開始來調製蜂蜜飲料。

到了中午，有三人專心下棋下到頭疼腦熱，二人說對方耍詐一言不合打起來，一個孩子撞到看熱鬧的群眾摔倒。

正式賽場裡的人數反覆地增增減減。其中還有人來了兩三次。

「不會是耍詐吧？」

貓貓看著一個已經來了四次的男人說了。

「沒那回事。」

羅半對貓貓的喃喃自語做出反應。這場熱鬧遊藝的主辦人一臉的心滿意足。

（鐵定是賺得口袋飽飽的。）

大賽的參賽金很便宜，大概是從其他地方賺回了本錢吧。

貓貓半睜著眼，看著捲毛圓眼鏡。

「竟敢讓我做白工。」

「我會付錢的。已經確定有賺了。」

果然如此。難怪看起來心情這麼好。

「方才那位先生是個棋手。跟外行人下棋，要贏得三勝易如反掌。不過說是這麼說，如今只能在酒肆的角落賺酒錢就是了。」

「是喔。」

貓貓顯得絲毫不感興趣，檢查甜饅頭的儲備與茶碗的數量。

「妳就不能對話題再多表示點興趣嗎？連一句『真的嗎，好厲害喔——』或是『哥哥真是無所不知呢——』、『真不愧是哥哥』都不會說嗎？這樣不可愛喔。」

「就算我說這些，你也只會認為我在拍馬屁吧？」

「是啊，會認為妳在把我當傻子。」

也就是說，客套話講得爛的話還不如不講。

「更何況以你來說，對方嘴巴越甜，你就越防著他吧？」

「知我者妹妹啊。」

「……」

貓貓沒理他。反正這男的生來就伶牙俐嘴，再怎麼反駁也只會被囉嗦一頓。

羅半似乎覺得這樣很沒意思，張開雙臂聳聳肩。

「那人如今雖淪落到得靠賭棋維生，但昔日可是在上流階級之中當棋師呢。」

既然說是昔日，貓貓已經能猜到八成。

「也就是說，他因為被某個討厭的老傢伙痛宰一頓，所以丟了職位？」

「答對了。以前有某位財主千方百計想挫挫義父的銳氣，便讓他們比了一場。結果鎩羽而歸，就變成那樣嘍。」

「真可憐。」

要這樣一場又一場地勝出然後過來，想必很不容易。想挑戰怪人得付十枚銀子，希望別因此傾家蕩產就好。

忽然間，貓貓有種不祥的預感。

「……這場大賽之所以挑戰者莫名地多，難道來的都是些對那老傢伙懷恨在心的人？」

若是這樣的話，警備的武官人數格外地多也就能理解了。

「猜對一半。我們不會疏於戒備，以防隨時有人想行刺，況且只要不是一刀捅進心臟當場死亡，叔公總有辦法救活他吧。」

「少為了這種無聊的事把阿爹叫出來啦。」

貓貓踩了羅半的腳尖一腳。

「痛痛痛！別這樣，別這樣。」

多個傷患只會徒增差事，於是她把腳拿開。

「另外一半原因呢？」

貓貓若無其事地接下去說。

羅半抬起一腳，裝模作樣地摸摸腳尖。

「……目前唯有棋聖能贏過義父。縱然形式上是挑戰者，總之這場勝利會得到義父的承認。」

「得到承認是吧。」

畢竟那個男人看別人的臉都像是圍棋棋子。即使只是這麼點小事，有事時也夠拿來虛張聲勢了。

「然後呢，謠言傳來傳去——」

羅半眼鏡底下的細眼瞇到像條線。

「好像變成了『只要下圍棋贏過漢羅漢，就能請他實現一個願望』喔。」

「……」

貓貓驚得嘴巴都合不攏。

「是誰講出這麼無聊的事？」

「會是誰呢？」

羅半調離目光。

這下貓貓確定了，造謠人八九不離十就是這小子。既然本錢已經花了，為了能夠回本，看來這小子是不擇手段了。

「……怎麼可能會有那種好事之徒，去相信這種謠言？」

貓貓正感傻眼時，來了個新的參賽者。

「是到這兒辦手續嗎？」

頭頂上傳來天上仙樂般的嗓音。

「……」

她抬臉一看。

只見一名悶熱地蒙面的男子，瞇著眼睛在笑。

櫃檯桌上擺著幾塊證明三勝的牌子。

羅半看到蒙面布似乎覺得很遺憾，但仍盯著男子瞧。即使遮著臉，羅半大概還是認得出他來。

「請收下，這是參加獎。」

貓貓把茶與月餅放到桌上。總感覺有些尷尬。她不禁回想起上回見面時說過的話。

「茶我收下，點心就免了。我的同伴自己帶了，請妳晚點拿來給我。」

「……是。請到那兒排隊，與人對弈。」

她知道對方是誰，所以只能唯唯稱是。

羅半笑咪咪的。只要長得好看，這傢伙是男女通吃的。

「看，相信謠言的好事之徒還不少吧？」

羅半一臉得意地只差沒說：「妳看，我不是說了？」於是貓貓又踩了一次他的腳尖。

蒙面男子壬氏的下一個弈棋對手，是個心寬體胖的叔叔。

對方雖狐疑地看著蒙面的奇怪男子，但還是與他下棋。壬氏輕易得勝。

「雖曾聽說月君棋藝頗精，看來錯了，應該說棋藝高超。」

「會嗎？」

貓貓曾侍奉過壬氏一段時日，但沒見他下過幾次圍棋。那人原本就聰明，應該只是略有涉獵，比一般人來得厲害罷了。

「不就是那個對弈的大叔太弱了嗎？」

由於壬氏贏得實在太容易，讓她開始懷疑大叔之前是作假。

「似乎是了。他運氣不錯。」

壬氏在棋盤前低頭行禮，然後又去找新一個弈棋對手。

「靠耍詐贏棋的大叔不用受罰嗎？」

「妳要我罰輸了願意再付參賽金的貴客？」

「……」

真是無藥可救。

「說笑罷了。反正無論如何，只要付錢，就能與義父下棋。這有什麼問題？」

「……不是說得先晉級，然後還要收錢？」

貓貓偏偏頭。

「對弈與指導棋是兩回事啊。不過，義父懂不懂什麼叫指導棋就又是另一回事了。至於燕燕，我會安排她日後與義父見面的。」

羅半偷瞄幾眼怪人軍師。

「日後？不是今天晚點就能下？」

「嗯——我想義父可能快撐不住了。照那樣子看來，大賽結束後鐵定會倒頭就睡。」

羅半開始在心裡打算盤。

聽阿爹說過怪人軍師一日當中會睡掉半日，可是事情一做完就立刻睡著，又不是哪家的小孩子。

貓貓曾聽聞有種疾病會讓人突然入睡，不過那個老傢伙肯定是有別的毛病。

「已收了訂金的人士就說改日造訪……不，帶他一個人去會出問題，得先設法讓他睡著之後再把他叫醒……不，辦不到……」

「你這死要錢的。」

貓貓一臉傻眼地轉為望向壬氏。看來下一個弈棋對手決定了。

「我看這次贏不了。」

對手是方才那個曾為棋手的大叔。

貓貓從遠處眺望棋局，不懂他是基於何種想法才會來參加這種大賽。由於蒙面人很顯眼，有許多人上前圍觀。
貓貓只懂一點將棋，不太懂圍棋，於是安分地顧櫃檯，或是到處看看有沒有人身體不適。
（不會收拾好再走啊。）
有好幾個座位掉了一堆點心屑，她到處收拾時，就聽到「啊——」深感遺憾的聲音。是壬氏周圍的觀眾。也有很多參賽者放棄贏棋，專心看棋賽。
貓貓靠近混雜於觀眾之內的羅半。
「怎麼了？」
「下法是還不壞，無奈對手太有本事。中了人家的圈套。」
換言之就是壬氏屈居下風。
「這樣啊。」
大概也就是這樣了。貓貓點點頭。
「很難反敗為勝？」
「也不是沒有法子，但除非對手下了太糟的壞棋，否則恐怕沒機會。對手也不是會犯那種初步失誤的人——」
羅半正要下定論時，賽場一陣譁然。

不合場合的蒙面布，輕柔飄動著被取了下來。光澤豔麗的黑髮飄舞於空中，焚燒沾染在衣服上的馨香四處飄散。

宛若天女讓霓裳隨之飄揚，自天而降——雖然譬喻得誇張卻是事實，莫可奈何。

（好久沒看到了。）

這正是她待在後宮時看到都膩了的，綺麗華貴的壬氏。

「……！」

群眾想驚叫出聲，卻發不出聲音。

在他們眼前的，是個一生只能在畫卷裡瞧見的天上神仙。

那美貌一瞬間會讓人錯看成女子，但帶有凹凸的喉嚨與寬闊的肩膀否定了此一錯覺。在不成言語的聲音中，也混雜了少許的失落。右頰的銳利傷痕永遠不會消失，正可說是白玉微瑕。

壬氏就連在後宮繽紛百花中都美得像是鶴立雞群。即使是如今的相貌，也夠讓旁人看得心神蕩漾了。

（我都忘了，他的容貌已經麻煩到有害了。）

就連丁一聲放下棋子的模樣也煞是好看。每下一步，都有人發出「哦哦」的讚嘆聲。

先不論他為何要取下蒙面布，總之困擾的是與他對弈的男人。方才明明還占了上風，如今卻變得臉色鐵青。

是因為局勢被扭轉了？並非如此。

假若那人昔日曾當過王公貴人的棋師，那麼應該對朝廷顯貴有所認識。

不知他是見過壬氏，抑或是猜得出右頰有傷的玉面郎君是誰。

（這下贏定了。）

旁人都沒發現這位美男子是誰。皇弟的右頰留下傷痕一事，理應也傳遍了街頭巷尾，但誰也想不到他會在這裡下棋。

當然，除了弈棋對手之外，也有人察覺到他的身分。那些人臉色不是青就是紅，忙得很。他們都講不出口，只能像魚一樣讓嘴巴開開合合。

（除非下了太糟的壞棋……）

結果還真的下了一步壞棋。

男子鐵青著臉大汗淋漓，低下頭去。

「我輸了。」

男子在發抖。不知是因為下了壞棋，還是怕自己冒犯了壬氏。

（真可憐。）

貓貓也只能為他合掌祈福了。

這樣何必還要蒙面。既然都要露臉，大可以從一開始就露出來，難道是為了讓對手動搖才這麼做？

（真卑鄙。）

但這下就贏了兩局。贏了就是贏了，並沒有犯規。

雖然感覺是種狡詐的戰法，但貓貓想起壬氏這傢伙，原本做起這種事就臉不紅氣不喘。畢竟這傢伙在後宮時就已多次利用自己的美貌，誆騙過宮女或宦官。

如今再多加個權力進去，也不需要特地去輕蔑他。

（他是認真來取勝的。）

就這麼想跟怪人軍師一較高下？

貓貓瞪著他，心想：難道他真的聽信了羅半散布的謠言？

「……！」

她忽然打了個冷顫，回頭一看，只見一個滿臉鬍碴的老傢伙從戲臺那頭望著她。正是怪人軍師。

「貓貓，麻煩妳離遠點。這樣義父不能專心對弈。」

「好。」

「義父現在認得出月君了。」

「難道說他以往都認不出來嗎！」

「好像是最起碼能認出臉上的傷。」

無法辨認人臉可真是不容易。

貓貓一手拿著掃地用具，回到她負責的位置。一名新晉級的青年待在櫃檯，貓貓把點心與茶拿給他。這人還很年輕，青澀得只像是快滿二十歲。

青年兩眼發亮，握著拳頭表現出準備連連取勝的決心——

（可憐啊……）

但他無從得知，他的下一局會碰上一個年紀相仿而莫名光燦耀眼的青年，把他搞得心旌搖惑而吃下大敗。

十七話　怪人對變態

（總覺得之前好像在哪兒看過這種場面。）

貓貓看著戲臺上吸引眾多群眾圍觀的二人。是壬氏與單片眼鏡老賊，中間隔著一個棋盤。

上回是貓貓與怪人面對面，下的是將棋。貓貓與怪人的五回合比賽，最後由貓貓耍詐獲勝。但是——

（我看贏不了。）

既然如此，也許壬氏只是純粹想與怪人下棋。

但若是那樣，付錢就行了。

這樣想來，也許至少他想要的不是指導棋，而是採取對決的形式。

直到方才，怪人周圍都還有幾名弈棋對手，但壬氏一來，那些人就識相地全離席了。

不知是從哪裡聽來的，戲場外頭聚集了一些人探頭探腦。他們似乎很想進來，無奈先前在附近閒晃的幾名不當值的武官守住了門口，讓他們一臉不甘心。

（真能招攬顧客。）

這應該就是今日的最後一場棋賽了。

貓貓一邊遠遠旁觀，一邊在櫃檯座位忙著數甜饅頭。現在就算有人來也不能對弈了，所以她已經開始收拾東西。餘存的糕點就帶回尚藥局當點心吧，剩下了就太浪費了。

「不好意思。」

高處傳來一個聲音。她抬頭一看，是一位眼神銳利的女子。

「今日已經結束了。」

貓貓擅自幫人家關門打烊。但來者似乎不是來參加大賽的，女子身旁有張熟悉的面孔。

「這位是馬侍衛的熟人嗎？」

「她是我姊。」

馬閃粗魯地一說。女子把他的頭往下按。

（啊，發出好大的「砰」一聲。）

馬閃的額頭撞上了桌角。聲音大到就算撞腫了也不奇怪。

「舍弟受妳照顧了。小女子名叫麻美。」

女子微微一笑，卻讓人聯想到猛禽一類。再怎麼裝也沒用，剛才的動作已經徹底顯示了她的性情。既然說是馬閃的姊姊，那應該是高順的女兒了，不過就跟聽說過的一樣，性情似乎與外貌一樣剽悍。

（就是那個傳聞中沒把親爹放在眼裡的姊姊啊。）

女子既不像馬閃也不像高順，一定是像到母親了。

「我把月君託我的東西送來了。」

麻美輕輕地把布包交給貓貓。裡頭飄出一股甜香味。

（哦！這是……）

鑽進鼻腔的香味令人心癢難耐。貓貓雖嗜吃鹹食，但這種香味會讓她食指大動。

壬氏方才說過晚點會有人送糕點來，原來說的是這兩人。

貓貓看看麻美。既然有馬閃在，又說這是他姊姊，想必沒有問題，但她出於職分，不禁想到就這樣拿給壬氏吃不知妥不妥當。

「為防萬一，可以讓小女子確認一下裡頭的東西嗎？」

（絕不是因為我想嚐嚐味道。）

是不得已才伸手的。

「要試毒的話請吧。這是水蓮嬤嬤費盡苦心做的，我保證一定好吃。」

既然是水蓮做的一定不會出錯。那位不好惹的大娘廚藝十分了得。

「失禮了。」

貓貓打開布包。裡頭是一塊塊掌心大小的烘焙點心，分別用油紙包著。貓貓拿出其中一塊。

除去油紙後，芬芳的香味更是濃郁。有種濃郁的酥香與果香。

糕點本身質地鬆軟，一使力就會壓扁。這種點心不像月餅那樣細密飽滿，吃了不會感覺飽脹。

「！唔。」

貓貓驚奇地直眨眼睛。貓貓雖比較喜愛鹹食，但也吃得出甜食的好壞。這糕點不但柔軟，而且整體溼潤入味，葡萄乾的風味與核桃的口感令人愛不釋口。

最厲害的是還加了某種提味祕方。

貓貓險些伸手再拿一個，趕緊搖搖頭勸阻自己。

「真不愧是水蓮嬤嬤。竊以為縱然是宮廷御廚，也不見得能做出如此精緻的美點吧？」

就連在嬪妃茶會或綠青館試毒、試吃養大了胃口的貓貓都不禁讚嘆了。無論獻給誰吃都擺得上檯面。

「是呀，我也冒昧拿到了一些。孩子們也高興得不得了。」

麻美有些自豪地笑著。

「是很美味沒錯。但有妳們說的這麼厲害嗎？」

「不懂得吃就少說兩句。」

「馬侍衛似乎不太懂得品嚐美食呢。」

被兩人這樣說，馬閃露出不大高興的神情。

「那麼，請送去給壬總管吧。」

貓貓盡可能不想接近怪人，因此本想交給麻美去做——

「我是個外人，不能上去戲臺。還請姑娘將這送過去吧。」

「馬侍衛呢？」

她想那壬氏的隨侍總行了吧，於是推託給馬閃。

「那就我去——」

馬閃又被麻美按住了腦袋，發出一聲悶響。這下是第二個腫包了。

「還是妳去吧。壬總管是這麼託付我的。」

「……是。」

貓貓不情不願地拿個盤子，把糕點裝好，放到托盤上端去戲臺。

她從圍觀的群眾中間擠過去，看到戲臺上除了壬氏與老傢伙之外，另有兩人。一個是羅半，他不像貓貓，似乎對圍棋有所涉獵，一邊把眼鏡往上推一邊瞪著棋盤。另一人是個陌生男子，初入老境，穿著打扮整齊挺拔。從穿著看得出是顯貴之人，但給人的感覺不像官僚。

（像是文人雅士。）

散發出某種絕世出塵的氣質。

戲臺周圍有不當值的武官圍繞著做警備。大概是在預防周圍的觀眾妨礙棋賽。

貓貓找一名像是武官的男子說話，請他叫羅半過來。

「有事找我？」

「我把壬總管的糕點端來了。話說回來，目前狀況怎樣？」

從遠處看不出來。更何況她看了也看不懂局勢勝負。

「還很難說。壬總管照定式下，局勢發展不壞。況且下的又是黑子無貼目，照理來講應該占優勢。但是──」

「但是？」

總覺得聽起來像站在壬氏那邊。

「義父真正的可怕是在進入中盤時。他會冷不防地出招，而且常有些定式以外的下法。不管有沒有貼目，都會一口氣顛覆局勢。」

貓貓好像可以理解。怪人軍師的厲害不在於知悉多少戰法，而是屬於隨心所欲地行動，卻不知怎地總能做出正確決策的那類人。

「只是……」

羅半歪了歪頭。

「總感覺義父出招的時機比平時慢。」

「是喔。」

貓貓不感興趣。誰贏都跟她無關，但壬氏贏了比較有趣。周遭觀眾必定也覺得挑戰者得勝比較有看頭吧。

只是貓貓在意的是，她仍然不懂壬氏是抱著什麼打算，這時才會來比這一局。

「那邊那人是誰？」

「那位人士是棋聖，也是皇上的棋師。」

記得別人都說，那人是目前舉國上下唯一比怪人厲害的棋手。

「總之你把這拿去吧。」

貓貓想把糕點塞給羅半，但他不肯拿。

「人家拜託的是妳，妳得自己端過去。就放在臺上空著的地方吧。別放在棋罐附近，抓棋子時會錯抓到點心。」

「……好啦。」

貓貓臭著臉走上戲臺。

雖然旁人似乎都在注意她，但她端著糕點托盤，因此眾人只當她是個奉茶侍女。只是怪人看了她一眼，咧嘴露出看了就噁心的笑臉，她視若無睹。

（還叫我放在空著的地方……）

根本沒位子。戲臺上有棋盤，雙方慣用手的旁邊擺著棋罐。壬氏的在右邊，怪人的在左邊。兩人的棋罐都位在同一邊，所以糕點應該放在怪人的右手邊，也就是壬氏的左手邊，然而——

那兒擺著堆滿一大盤子的甜饅頭與月餅。連壬氏放點心的位置都被占據了。

「……」

就算把點心盤往旁推開，也還是塞不下一個盤子。

貓貓不得已，只好把盤子放在棋罐那邊的空位。為了不讓他們拿棋子時抓錯，貓貓把盤子放在中間的空位——

但才一放下去，一隻手就伸了過來。那手就這樣轉向鬍碴沒剃乾淨的嘴巴，被一口吸了進去。

「……」

只能說傻眼到極點。怪人軍師一臉若無其事地把壬氏的糕點吃了。

他咀嚼一番之後嚥下，然後舔掉沾在指尖上的油。

怪人用一副還想再吃的臉看著貓貓，但她又能怎樣？

「貓貓。」

壬氏在叫她。

怪人軍師的神情霎時變得嚴峻起來。

最近壬氏總算會叫她的名字了，但總覺得怪怪的。

「麻煩再補些點心。」

「……是。」

貓貓心想再補還不就是被怪人吃掉，於是決定把所有糕點全部裝盤。本來覺得如果有剩的話想再吃一個，但也無可奈何。但願水蓮願意教她點心的烘焙法。

她一邊希望棋賽早點結束，一邊走下戲臺。

比起戲場之中熱鬧滾滾，外頭變得清靜多了。

太陽一下山天色就暗了下來，空氣變得冰冷。參賽者已經把棋盤都收了，周圍的地攤也收攤了。

只剩戲場裡氣氛依然熱烈，而且僅剩壬氏與怪人一對一單挑。

（大家該不會是下了賭注吧？）

早知道有下注，貓貓也想拿點小錢押在壬氏這匹黑馬上。

馬閃與麻美這對姊弟，直到方才明明都還混雜於觀眾之中，不知不覺間卻只剩下弟弟。說是麻美家中還有孩子等著娘，所以先回去了。

姚兒她們似乎也收拾得差不多了，在看棋賽。燕燕兩眼閃閃發亮。

看到眾人如此沉迷於自己不感興趣的事物，貓貓覺得自己完全被屏除在外了。

眾人屏氣凝神地看得目不轉睛，忽然發出了大聲歡呼。

（對弈對完了？）

既然結束了就早早打道回府吧。貓貓走向戲臺——

卻發現兩人仍然坐著不動。

貓貓環顧四周，然後走到姚兒她們身邊。

「對弈結束了嗎？」

「還沒。」

姚兒回答。

「是呀。不過可能要投子了。」

燕燕指指戲場的牆壁。牆上貼著一大張紙，畫著圍棋棋盤的格子。羅半手拿毛筆，從旁畫上棋子。

這麼做大概是方便一些站太遠看不清楚的人。那傢伙就只有這種地方想得格外周到。

「是挑戰者輸了嗎？」
「……不，也許會是月君得勝。」
燕燕搖搖頭。語氣聽來有些惱恨，想必是因為燕燕曾因壬氏的關係而被迫與姚兒分離。她在這社稷當中是罕見地排斥壬氏，卻與政治不相關的人。
「方才那一步，我想羅漢大人犯下了致命的失敗。」
燕燕的語氣就像是不敢置信。雖然聽到了刺耳難聽的名字，但貓貓忍了下來。
「致命的？」
「羅漢大人原本就是個常用驚險戰術的棋手。換個說法，就像是走危橋以將路程縮至最短。因此在輸的時候從來不是死戰之下不敵對手，而是走了從危橋上踏空，無法挽回的一步棋。」
「……貓貓，妳懂嗎？」
「一點也不懂。」
姚兒似乎也對圍棋沒太大興趣。不過她對壬氏的長相倒挺有興趣的，一邊微微染紅了臉頰，還一邊否定著說：「不成，不成不成。」看來她目前想以職務為重。
燕燕的表情變得愈發憎惡起壬氏來。
「講得簡單點，就是羅漢大人自尋毀滅了。」

「啊！這就好懂了。」

自尋毀滅很像是怪人軍師會做的事。

「總而言之，現在想顛覆局勢，就非得採用更加犀利而危險的走法才行——但羅漢大人今日像是身體抱恙。」

「……」

燕燕說得對。怪人軍師臉色很糟，而且似乎昏昏欲睡。

「畢竟他最近做起事來好像罕見地賣力。」

為了舉辦圍棋大賽，壬氏似乎丟給了他相當多的公務。

「而且睡眠也好像比平時縮短了許多。」

但也睡得跟常人一樣多就是了。不過貓貓好像也跟連日熬夜的壬氏說過幾次，睡眠不足會間接導致判斷力的降低。

「他從昨日開始，就連續不間斷地一直下棋。」

有時還得下三人圍棋，或是四人圍棋。思考量一增加就會使得頭腦疲憊。

再加上……

「那個糕點可能也是個原因。」

貓貓想起麻美帶來的糕點。那糕點質地柔軟溼潤，加了風味強烈的果乾，美味無比。

不怎麼愛吃甜食的貓貓之所以覺得美味可口，理由是——

（可能加了較烈的蒸餾酒提味。）

酥香當中混雜了一絲酒香。烘烤的過程中會使得大部分的酒精揮發掉，但滲入果子裡的部分還在。

不勝酒力的怪人軍師吃了，即使不至於醉倒，但或許還是會有酒意。

（……那個男的……）

莫非這就是他的目的？

這樣想來，就會聯想到其他方面。

『別放在棋罐附近。』

羅半說那句話，難道是為了讓糕點擺在怪人軍師抓得到的地方？因為他知道照怪人軍師的性情，一定會想搶貓貓端去的點心。

貓貓按住額頭。完完全全被利用了。雖然自己並不因此吃虧，但總覺得不甘心。

（連羅半都被他拉攏了啊。）

那男的生得一張姣好臉蛋，本性卻惡劣至此。不過羅半也差不多，到底要背叛幾次自家人才滿意？

（不跟他們討個什麼藥材，這口氣嚥不下去。）

不過與此同時，她也更加好奇壬氏究竟為何如此想贏，以至於事前做了這麼多布局。

假設與怪人軍師有關的話，她一瞬間有了個糟糕的猜測。

（不會吧。）

一定是為了其他理由，否則不至於波及旁人做到如此地步。

她正在思索時，怪人軍師「丁」一聲放下棋子。

（我看沒機會贏了。）

四下開始瀰漫一種難以言喻的氣氛。就在這時……

戲場的門被人猛力打開來。一名初入老境的男子盛氣凌人，踩著重重的腳步聲走進來。

門口的武官們想攔阻他，但被一把推開。

「漢醫官，漢醫官可是在這！」

初入老境的男子粗魯無禮地大叫。後頭並列著兩張眼熟的相同臉孔。

「那是……」

正是之前問過案子，荒淫無度的那三胞胎。

「怎麼了嗎？」

坐在戲臺旁椅子上的阿爹站起來。阿爹拄著拐杖走去，但那人似乎嫌他慢，邁著大步推開觀眾，站到了阿爹面前。

貓貓想趕去阿爹身邊，但看到幾名武官就站在附近，便停下腳步。

「這全是你害的。吾兒，吾兒啊！」

「究竟是出了什麼事？」

的確是缺了一個兒子。另外那一個是怎麼了？

「你看這個。」

初入老境的男子把布包放到桌上。打開一看——

裡面裝了兩根人類的手指。

周圍群眾發出慘叫。

「把我兒子找出來！若是害死了吾兒，這責任你承擔得起嗎！」

男子一邊吼叫，一邊對阿爹頤指氣使。

十八話　手指原主

突然闖進戲場的男子，原來是那三胞胎的父親，似乎名叫博文。然而性情卻不像名字這般沉穩，他闖進來鬧事導致棋賽被迫中斷。

他好像有注意到壬氏與怪人，但一件事情使得他無暇旁顧。

「您說這是令公子的手指……」

觀眾在騷動之下被驅離，僅剩相關人士留在戲場內。

換作是平常的怪人軍師，絕不會讓人妨礙棋賽，但看來今天身體是真的不舒服。一回神才發現他已經一頭倒在棋盤上睡著了。

目前他被移到戲場角落，讓隨侍的官員照料著。那人一副希望貓貓代替阿爹來照顧他的表情，但被貓貓瞪了一眼後就乖乖閉嘴了。

燕燕她們代替貓貓接下了這個擔子。雖說兩人似乎不能算是相關人士，但繼續留了下來。害得貓貓也錯失了開溜的機會。

姚兒看到桌上的手指險些沒昏倒。雖說已經漸漸習慣了，但可能還是怕看到斷口。有人擅闖賽場，怪人又變成這副德性，恐怕一時半刻之內是不能繼續對弈了。

「都有記錄下來，不用擔心。」

羅半對壬氏說：「等一切平靜下來，再行續弈。」壬氏的神情顯得有些發窘。虧他還一臉洋洋得意地使盡了所有卑鄙手段以求必勝。

（不過都拉開了那麼大的差距，怪人不太可能贏他吧。）

這下貓貓知道了，羅半是想讓義父輸棋。

畢竟這男的出賣過親爹與親祖父，只要利害關係一致的話，出賣一下養父不算什麼。

（我該追問嗎？）

不，追問這件事只會讓事情沒完沒了。

比起這事，貓貓比較關心找阿爹麻煩的博文。

「可以請你解釋清楚嗎？」

兩個兒子攔住了博文。

冷不防闖進來的三人怎麼看都是不速之客，要是敢對阿爹動手動腳的話，就算被人拿下也怪不得人。壬氏一臉難以言喻的表情留下來。棋賽有頭無尾，讓他露出一副難以形容的神情。

「請你把話說清楚。你打斷了我的興致，想必有著夠充分的理由吧？」

壬氏的聲調中罕見地流露出怒氣。

（都做了那麼多準備了，會生氣情有可原。）

看來名喚博文的男子還沒喪失理智到敢忤逆壬氏說的話。他好像不知該如何啟齒，由背後的三胞胎之一代他開口：

「我二哥失蹤了。」

既然是說二哥，那就是他的第二個哥哥，也就是三胞胎的中間那一個了。就是日前對別人家的姑娘出手，被一狀告上官府的男子。而這名男子叫次男為哥哥，可見他是三男。

「三天前就不見蹤影。今天早上，這個布包送到了家裡。」

依照刪去法，自然就是長男的男子打開布包。這是成年男子的手指，他們說來自於不見人影的次男。長男不知是否在哪裡受了傷，手背上留下了紅線。

「請讓我仔細瞧瞧。」

「妳是什麼東西！」

「閉嘴讓她看就是了。」

博文破口大罵，但被壬氏一瞪就安靜下來。

貓貓不算相關人士，但知道內情。姚兒她們也是。

可是——

（怎麼連那個人都留下來了？）

就是旁觀壬氏他們對弈的那個什麼棋聖。

那人一臉若無其事地坐在椅子上。由於完全一副堂而皇之的態度，博文父子也沒說什麼。

他們似乎有很多話想說，然而既然被壬氏盯著，就得心平氣和地慢慢解釋。博文做個大大的深呼吸後繼續說下去：

「你害得我兒子被捉拿了。不只如此，還接二連三地有人跑去控告，說是以前受過欺負。」

那是他活該。三胞胎的另外兩人調離目光，一定是把自己幹的好事也賴到二哥頭上了。

真要說起來，一開始是怪人軍師拿著麻煩事來找阿爹的。幹嘛不直接找怪人抗議？

或者也許是想找怪人抗議，但退縮了，所以才想轉嫁到阿爹身上。

（其實找阿爹麻煩才可怕。）

這個做父親的在擔心兒子，但已經太遲了。他以往似乎一直在包庇家裡的浪蕩子，但怎麼都不會想到是教育出了問題？

「您是說那些人當中，有人擄走了令公子？」

「這還用問嗎！」

被阿爹這麼問，博文用力拍桌回答。

「您對嫌犯有頭緒嗎？」

「怎麼可能會有？難道要我天天盯著兒子的一舉一動嗎！」

（早知道還不如盯緊點好。）

貓貓觀察斷指。斷口已經發黑。

（假如傷口新鮮的話還有可能接回去。）

更何況這手指，恐怕是死後才砍下來的。

她曾聽聞生死狀態會讓切斷的人體出現差異。阿爹的話應該看得出來。最明顯的是，他看到手指時的悲痛表情已說明了某些事實。

另外，還有一點。

（指甲變色了。）

中間的顏色變得黑中帶青。

「……」

貓貓扯扯姚兒與燕燕的衣袖。

「怎麼了？」

「想說是不是該奉個茶。兩位姑娘來幫我。」

何。

「噢，也是。」

雖然用不到三個人，但找姚兒的話燕燕會跟，只找燕燕的話姚兒又會鬧彆扭，無可奈何。

「可是，這兒有茶水嗎？之前做的都是薑湯。」

「有是有，只是略嫌不夠名貴。」

燕燕偷瞄一眼壬氏。既然知道他的身分，就不能端出不入流的東西。這位能幹的女官雖對壬氏不抱好感，但這點事情還是顧慮得到的。

「他怎麼都不走呢？」

姚兒望向壬氏。

「月君喜歡插手管怪事，這恐怕是無可奈何的。」

不愧是燕燕，講話毫不客氣。貓貓一面心想「光聽都覺得過分」，一面又想起自己其實也常常這麼說。

「果子露一類的話倒是有很多，是人家送來給羅漢大人的。可是，也許不大適合端給客人喝。」

「果子露啊。」

貓貓摸摸下巴。

（或許反倒是個機會。）
「有葡萄水嗎？」
「我記得有。用美麗的玻璃瓶裝著，所以應該是上好的東西。」
燕燕看看戲臺後方。
「那就拿它來用吧。」
貓貓前往戲臺背後的休憩處。
「呃，擅自拿了沒關係嗎？」
姚兒顯得不大放心。
「不是說收了很多嗎？反正他在睡覺，拿走一瓶不會被發現的。」
「……既然貓貓都說可以了，應該不妨事。」
燕燕也表示贊成，於是貓貓決定去搜刮放在那兒的貢品。

她們給每個人倒了一杯回來，發現事情沒談出個結論。
博文破口大罵，阿爹默默地聽他說。
壬氏沒做什麼，只是閒坐著，但指尖做出拈棋子的動作，也許是在思考下一步怎麼走。
棋聖還是一樣從表情猜不透心思。貓貓不懂他待在這兒幹嘛。

羅半留是留下來了，不過似乎正為了大賽的善後處理焦頭爛額。不只是物品方面的收拾善後，他似乎已經跟人收了訂金，正在寫信交代怪人的指導棋事宜。

「請用。」

姚兒與燕燕把果子露端給眾人。

羅半一瞬間以為是酒，顯得有些畏縮，但聞過味道後似乎發現是果子露了。他跟怪人一樣不太會喝酒。果子露倒在常用來盛酒的杯子裡，會弄錯是情有可原。

就在燕燕把杯子端給三胞胎中貌似長男的男子時，事情發生了。

啪的一聲，男子把杯子甩開。

紅色液體潑到空中。金屬杯子掉到地板上，匡啷匡啷地滿地滾。

「阿哥……」

么子露出苦澀的神情。

燕燕被紅色漿水潑得滿頭滿臉，但表情不變。

（幸好不是姚兒。）

不然燕燕就可怕了。燕燕自己被人潑了果子露也無動於衷，但若是換成小姐，她就要凶相畢露了。當然，燕燕絕不會讓小姐站在明知愛好女色的男人面前。

「大人恕罪。都怪小女子不知大人的喜好。」

燕燕淡定地收拾杯子。貓貓是故意請她端給兩人的。

（果然。）

阿爹臉上的皺紋變得更深，眉毛悲傷地下垂。

貓貓都發現了，阿爹自然不可能沒發現。

阿爹輕嘆一口氣，從椅子上站起來。

「公子厭惡葡萄酒嗎？」

阿爹向長男問了。

「……不。」

他回得不大乾脆。

「你不是很愛喝葡萄酒嗎？」

博文偏頭不解。

「不對，現在跟這事無關。別說這個了，快把吾兒找出來。否則——」

「我已經知道令公子人在哪裡了。」

阿爹一面悲傷地搖頭，一面抬起頭來。

「在、在哪！」

「失蹤的令公子是次子對吧？」

「對！」

貓貓雖不像阿爹那般仁慈，但也感到悲從中來。

這個騷擾別人的男子博文，是真的以為兒子失蹤了。

但他卻不明白事情的關鍵。

（竟然連親生兒子都分辨不出來。）

阿爹指著打翻杯子的長男。

「公子還是實話實說吧。假冒你哥哥，又能騙得了多久呢？」

自稱長男的男子與么子頓時臉色大變。

貓貓回溯記憶。他們是在一個多月以前向三胞胎問的話。

貓貓當時忙著做記錄，但還記得長男的臉色很糟。時不時地痙攣，把拳頭握得緊緊的。

當時她沒多想，只當作對方是身體不適。

「……這是怎麼回事？」

博文一副真的不明就裡的神情看向孿生兄弟。

「失蹤的其實是長子。至於詳情，您不妨問眼前的兩位公子吧。」

「你在胡說什麼！想跟我打迷糊仗，讓此事不了了之嗎！」

博文站起來，作勢要揪住阿爹。但武官介入阻止了他。

「就是啊！忽然胡說八道些什麼啊。」

么子臉孔陣陣抽動著嚷嚷。

「哪裡是胡說，這些都是真話。你們自己應該最明白才是。」

貓貓也忍不住上前說道。一說出口，又心想「太衝動了」往後退半步。

「究竟是怎麼回事，可以也解釋給我聽聽嗎？」

壬氏終於開口了。身旁的棋聖也在點頭。

大概是覺得繼續鬧下去沒完沒了吧。看到壬氏，對方也總算冷靜下來。

「真是抱歉。萬萬沒想到月君會在此現身。」

「你們擅闖戲場打擾了我的棋賽，我無論如何都要現在把事情聽個清楚，否則心裡就不舒坦。我明白你想說什麼，但且先稍安勿躁，不然談不下去。還有，後面那兩人，你們可別想設法開溜。」

壬氏不忘警告他們一聲。

「羅門，假若你不便開口，能否讓徒弟來說？看你這能幹的徒弟似乎已經想出答案了。」

不只如此，還多嘴了一番話。

「她若是說錯了，你這做師父的再說出正確答案即可。」

「……貓貓。」

阿爹看向貓貓，用眼神告訴她不用勉強自己。

（交給阿爹來也行。）

但是，阿爹為人太過仁慈。由於仁慈，會對人家網開一面，就算對方是人渣般的三胞胎也一樣。

阿爹才智過人，也許會想出貓貓想不到的藉口來袒護三胞胎；也或許會認為不該將真相告訴博文。

就像砂歐巫女那時的情況——

貓貓走上前去。

「小女子明白了。」

她想想該從何講起，首先檢查一下手指。

手指原主已死。她可以從原主死因為何，以及為何被殺講起。

「請仔細看看這指甲。」

變色的指甲上，有好幾條白線。但即使是成年人，凝視斷指也不會覺得舒服。姚兒臉孔發僵地看著斷指。

「指甲的此種顏色表示此人攝取了毒物。竊以為不是砒毒就是鉛毒。」

就跟妝粉舖的女店主一樣。

「鉛毒……」

貓貓看向博文。

「記得大人說過，您的長子嗜飲葡萄酒？」

「……對，我記得是如此。」

「他嗜飲的應該是廉價的葡萄酒吧？」

貓貓回想起來了。之前她在阿爹吩咐下寫案卷時，根據長男的供述，他當時是去喝廉價酒了。

市井之中到處都能買到價廉物美的葡萄酒。貓貓想起她原先也想試喝，但沒喝成。

（那時要是有喝到——）

貓貓的話或許已經發現了。

葡萄酒長期保存會變酸。讓葡萄發酵會變成酒，但繼續發酵就成了醋。

訂購自遠方的葡萄酒有時會因長期運送而變酸。可是，市面上流通的卻都是甜酒。

貓貓看向壬氏。

「記得妳說過葡萄酒裡加鉛會變甜。」

「是。」

看來他還記得貓貓之前說過的話。

接下來就要進入貓貓的假設了。她想阿爹大概不會有好臉色，但也不會否定。

「這數個月來，有許多商隊自西方而來，進口了大量葡萄酒。但是進來的東西一多，就會混雜一些劣貨。」

「妳到底想說什麼，快說結論——」

「我已經叫你住口了。」

壬氏讓博文閉嘴。

貓貓比較想把得出結論的過程交代清楚。

「劣品太酸賣不出去。販子廉價收購後，會想設法賣掉。這時，如果手邊剩下了大量能讓酒變甜的材料呢？」

貓貓環顧眾人。

阿爹雖已知道答案但無意回答。燕燕應該也想到了，但她似乎忙著端詳陷入沉思的姚兒。

「這點我已經做了對策。用白粉材料當成酒類甘味料的販子已被我派人緝捕。如今市面上應該只剩下之前流通的酒。」

結果是壬氏來回答。

「大人英明。」

（既然是本人發的禁令，當然會想到了。）

加鉛讓酒變甜，再行販賣。

把兩種本來賣不出去的東西加在一起，使得物美價廉的酒四處流通，買的人也高興。當然，他們並不知道它有毒。

長久飲用下來，指甲就會出現中毒症狀。

在寫案卷的時候，長男的狀況就已經不對勁了。如果後來又繼續飲用，身體的狀況不會好到哪去。

次男在寫案卷時身體健康，就貓貓的記憶中，當時指尖並未出現毒葡萄酒的痕跡。就算她記憶模糊，阿爹也應該記得很清楚。

「指甲每個月會長出約一分（三公釐）。在寫案卷時，他的指尖應該已經有白線了。」

貓貓看向阿爹。

阿爹神情為難地開口：

「三胞胎當中只有一人藏起了手指。我記得其餘二人的指甲都沒有任何異狀。」

「是次男的手指有異狀嗎？」

壬氏向阿爹問道。

「非也。因此，至少斷指並非來自次男。」

阿爹斷言了。關於手指，他應該有所確信。

「長男這一個月來身體狀況似乎極糟。聽說告假了不少次呢。」

羅半插嘴說道。好像是悄悄請武官們去查了。

「雖然也有可能是毫不相關之人的手指，但從狀況來想，推測這是長兄的手指似乎合情合理。」

貓貓看看長相如出一轍的兩人。

「是長男被人錯當成了次男擄走嗎？若是如此，為何不明說被擄走的不是次男呢？」

貓貓故意裝作大惑不解。

「……」

兄弟倆別開眼睛不去看貓貓，面面相覷。

「兩位不妨就承認這是你們演的一場戲吧？」

「妳、妳說他們在演戲！」

博文老傢伙做出了明顯的反應。

「正是。演這場兄弟互換的戲究竟有何用意？理由恐怕與長男的死有關吧？」

貓貓這句話讓旁人為之譁然。只有阿爹神情悲傷，看著三胞胎中的二人。

「妳、妳在胡說什麼？我聽不懂。」

自稱長男的人繼續裝傻，但他恐怕才是真正的次男。他應該知道此時一旦招認，一切就都完了。

然而就連博文也用懷疑的目光看著自稱長男的他。

「我有個疑問。」

忽然有人說話了。一看，原來是棋聖舉起了手。

「請說。」

由於旁人都沒說什麼，於是貓貓就像學堂夫子那樣准他發言。

「假若三胞胎當中有人互換身分，剩下的一個兄弟難道不會察覺嗎？」

「是，無論三胞胎長得有多像，小女子不認為能騙得過孿生兄弟。縱然親生父親都沒察覺——」

貓貓試著揶揄了一下博文。

無論三胞胎長得多像，穿幫自然只是時間的問題。兩個人不會因為長得一樣，就連其他部分也如出一轍。

「所以妳的意思是，三男早已察覺長男與次男互換身分了？」

「正是。」

貓貓側眼看看三胞胎兄弟。他們似乎想說話，卻不知能說些什麼。

「這又是為何？」

（我看他根本已經猜到了吧？）

不愧是棋聖，頭腦似乎很靈光。這個問題的答案很容易解釋給眾人聽。

說不定他是故意的。

「因為次子消失，可以把罪責一筆勾銷。是不是？」

貓貓看向長男。不，是次男。

次男瞪著她卻無法回嘴，拳頭握得緊緊的。

「……此、此話當真？」

博文看向兩個兒子。

「您認不出來嗎？分辨不出兒子的長相嗎？」

「……」

博文凝目細看。

「……貓貓。」

阿爹出聲喚她。

「失禮了。」

貓貓悄悄退後。

「那麼，其餘的二人理應知道長男的下落了。」

被壬氏這麼一說，他們只能開口。美人的容顏總是別具魄力。

「……啊，阿哥他……」

三男開口了。

「我、我沒有下手。我沒有下手！是二哥下的手。」

「你、你、你出賣我！」

真正的次男揪住三男的衣襟。

「真要說的話，還不都怪你把事情搞砸了！隨便亂碰不知道是哪家的姑娘。找那種事後能斷得乾乾淨淨的女人不就沒事了？」

「你有資格來講我！你才是成天亂碰問題一堆的女人吧！」

兄弟開始鬩牆了。

「換言之，是你們兩位殺了長男嗎？」

「是這傢伙殺的！」

「不，是這傢伙！」

是誰下的手不知道。只是阿爹似乎已經猜到了，盯著斷指瞧。

指甲上有好幾條並排的白線。前端塞了汙垢。

「……？」

貓貓盯著指甲的前端瞧。看起來很髒，但仔細一瞧似乎是皮膚。

「你恐怕已經百口莫辯了。」

貓貓抓住次男的手。他的手背到手腕有一道紅線，正好呈現被指甲抓傷的形狀。

「我、我沒殺他……是他自己，自己摔倒的。」

次男臉孔抽搐。他的視線，望向方才打翻的葡萄水杯子。

「葡萄酒，都怪葡萄酒不好。近來大哥整個人，一直不對勁……」

三男也開始把事情吞吞吐吐地道來。

統整兩人說出的內容，長男這陣子身體一直不好，而且總是不高興。

「他會忽然開始生氣，或是大叫，卻不肯戒酒。」

有些中毒症狀會使人神智失常。從指甲的狀態可以看出此人深受鉛毒所害。

「我本來是覺得大哥怎樣都不關我的事。可是，他鬧得實在太凶了，正好這傢伙也在旁邊，我就跟他一起去了大哥的廂房。」

當時長男在房間裡亂打亂鬧。而且一看二人進來房間，冷不防就撲了過去。

「我搞不懂是怎麼回事，就把他推開了。但他還是繼續撲過來……」

手背上的傷就是那時候留下的。

「我只是把他推開而已啊。」

長男往後摔倒，頭撞到了桌角。

「什麼，你們兩個！」

博文揪住次男。

「你們知道你們幹了什麼好事嗎！」

「說這什麼話，還不都怪你總是丟下我們不管！」

真是半斤八兩。

「我本來是想立刻去叫人的。可是二哥他——」

三男看向次男。

『就當作我死了吧。然後，我來當大哥。』

他說這麼做，得要有證據。

他們把屍體埋了，只砍下手指送到家裡。又說只要寫封語帶威脅的書札，嫌犯要多少有多少，可以擾亂辦案。

於是他們就砍下屍體的手指，附上語帶威脅的書札送到了家裡。

（哪裡不好選，偏偏送去的是手指。）

不，不管是頭顱還是腳，恐怕都能判斷出症狀。若是耳朵或許還有可能看不出來。

（明明遲早會穿幫。大概是真的被逼急了吧。）

貓貓很想誠心祝願死者早日安息，奈何這次有很大的原因是自作自受。只有阿爹悲傷地看著手指。

「你們這些家門之恥！」

博文鬼吼鬼叫。

「爹你沒資格講我們！」

次男拍桌說道。

「真要說起來，都怪你一包庇不了三個人，就把所有責任推到我頭上。最愛玩女人的分明就是大哥！你也是！你對爹的小妾出手時，你以為是誰幫你掩蓋的！」

（難怪三男會願意當共犯。）

貓貓恍然大悟。

「喂，他說的是真的嗎！」

博文氣急敗壞地找三男算帳。

「是啊，爹現在捧在手心裡的三歲妹妹是這傢伙的種咧。爹你還說這是你第一個女兒，疼得要命。但很遺憾，是第一個孫兒才對。」

「二哥！不是說好了要保密嗎！」
「真的嗎，這都是真的嗎！」
（無聊透頂。）
不只是貓貓，在場所有人恐怕都是這麼想的。
（竟然因為人家死了就砍下手指。）
貓貓認為人死了就是死了，屍體後來怎樣本人都不會知道。只是看在旁人的眼裡，實在是太過醜陋。除了傻眼還是傻眼。
（至於最倒楣的——）
要屬準備了老半天，不顧一切地使了些狡詐手段，卻在只差一步時被人打斷棋賽的壬氏吧。貓貓看著那位老大不高興的貴人，心裡作如此想。

十九話　棋聖

壬氏大嘆一口氣，看著進入殘局的圍棋棋盤。

壬氏一邊嘆氣，一邊回想起日前棋師對他說過的話。

「恐怕是行不通。」

向皇帝借來的圍棋棋師沒有看起來溫和，是個直話直說的人。

「至少得贏臣一局，否則沒半點希望。」

棋聖用看不出心思的表情，「丁」一聲放下了白子。

「唔……」

只能說甘拜下風。本以為不分軒輊，誰知對方才走一步就顛覆了局勢。

這是早就知道的事了。壬氏似乎屬於樣樣通，樣樣鬆的那類人。大多數的事情他是能夠做得不錯，但只是比他人稍稍優秀一些，並不傑出。

只會被說是秀才，不會被稱為天才。

即使如此，總比什麼都不做來得好。

「月君熟讀定式，但定式之外的思路不出凡人的範疇，看到不曾見過的走法就會焦急。」

「……真是直言不諱。」

「是您如此要求臣的啊。」

棋聖一口吃下水蓮準備的甜饅頭。雖然看起來與他的風雅外表毫不相襯，但據說吃甜食對棋手而言是常態。動腦會讓人想吃點甜的。也許這就是某個怪人軍師成天吃甜食的理由。

壬氏向皇上借來了棋聖後，這數日以來一辦完公務就是不斷下棋。

「沒天分。」

「走法太單純。」

「白面書生的無趣下法。」

被講得一無是處。

雖然是壬氏事前要他別客氣，但還真的是毫不客氣。

壬氏問他對其他人是否也都這樣說話，結果他回答：「臣說話會挑選不會處罰臣的人。」真夠精明。

「照您這樣下去，有辦法贏過那怪人嗎？」

激將法更是用得妙。

壬氏拈起黑子，一面煩惱著正確答案一面把棋子放到棋盤上。

壬氏之所以像這樣請棋聖指導，是因為只有他能贏過怪人軍師羅漢。

「你不是才剛說過我贏不了？」

「是，贏不了。月君過於耿直，可以說您著實是位老實人。」

總覺得受到的不是讚美而是貶斥。

「但我還是想摸索出取勝的方法。」

「臣也是來教您取勝的。只是，不可能大勝。」

棋聖再吃一個甜饅頭。

「百回當中能贏一次也好，你想辦法讓我贏吧。」

「要撂倒氣力充沛的羅漢閣下，就連臣有時也僅有一半勝機。即使臣正值氣力充沛的狀態也是如此。」

「……我不懂你的意思。」

棋聖的本事在羅漢之上，所以才會被稱為棋聖。

「不，這不難懂。月君您手無寸鐵獨力與熊對峙，有辦法戰勝嗎？」

「想也知道不可能。」

「狼呢？」

「……視狀況而定或許能勝，但想必很難。」

「狗呢？」

「我想勉強可以得勝。」

壬氏在游獵時讓人家教過。人類雖然高大，卻意外地柔弱。是因為手持工具才能戰勝野獸，若是空手的話連一條狗都不見得能打倒。

「您認為要有什麼才能得勝？」

棋聖放下棋子。

那種彷彿看透了壬氏下法的動作，讓他不禁又發出呻吟。

「想毫髮無傷的話最好有突火槍（手槍），但恐怕打不中。我可能會想要把用慣的劍。或者是短劍，以及保護手臂的護腕。」

若是在狹窄的地方，用劍可以戰鬥。在寬敞的地方，就難了。他必須將狗引誘至難以靈活行動的地方，待牠咬住護腕時，再對脖子下手。

「想不到月君有著這般相貌，卻喜愛土裡土氣的戰法。」

「……並非喜愛。只不過是我缺乏劍術天分罷了。」

換成馬閃的話想必能戰得更巧妙。那小子搞不好連熊都對付得來，只是不免要身受重傷。
「嗯，這樣的話，臣也比較容易將祕策傳授與您。」
「祕策？」
「不，其實也沒什麼。只是告訴您在何種條件下，容易贏過羅漢閣下罷了。」
棋聖咧嘴邪笑，跟平素那副文人雅士的清高神態簡直不像是同一人。
「這可不算違規。不過是合乎法令的盤外之戰罷了。」
壬氏咕嘟一聲吞了吞口水。
「若是這招不管用，您就一輩子別想贏過羅漢閣下。」
棋聖斬釘截鐵地斷言了。

「……我輸了。」
無論如何清點盤上陣地與提吃的棋子，都不比白子的地來得大。
才差二目。卻是極大的二目。
中盤時不知拉開了多大的差距。壬氏取得的陣地已經確定，看似不可能顛覆。
而且壬氏在那之後，也並未走出什麼明顯的惡手。
是眼前大啖烘焙點心的人物用迅雷不及掩耳的速度，把那差距縮短了起來。

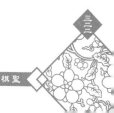

馬閃與幾名侍衛圍著他們。

圍棋大賽結束後過了數日，壬氏在書房處理公務時，單片眼鏡軍師突然跑來了。

「咱們繼續下。」

若是偷懶沒做事還另當別論，但此時是中午用膳的時間。

鄰近書房的涼亭裡備好了圍棋棋盤與棋子。棋子已照日前大賽被打斷時的模樣擺好。

雖然有人從遠處圍觀，但他沒理由拒絕。

後來，壬氏想了好幾次如何才能進一步拉大差距，力求得勝。

他以為有了那麼大的差距，絕不可能輸棋。

「……怎麼可能。」

馬閃驚叫出聲。怎麼可能，這真是最貼切的一句話。怪人的腦袋究竟是用什麼做的？

『您一輩子別想贏過羅漢閣下。』

壬氏想起棋聖說過的話。

他為何不說弈棋對手是「人」而是譬喻成「獸類」？

壬氏悔不當初。看來自己原本並不明白，羅漢雖非熊、狼或狗，卻是名為羅漢的妖魔。

男子重新戴好單片眼鏡，咕嘟咕嘟地暢飲果子露，臉色已徹底恢復了健康。睡眠都補了回來，也沒有連續對弈造成的疲勞。飲料與點心也都不含酒精，神色清爽暢快。

壬氏自慼汗顏。

都用上了那麼狡詐的手段，結果竟然還是輸了。

雖然本來就沒多餘心力撐面子，但也太難看了。

要不是周圍有觀眾在，他早已當場一頭倒在棋盤上，連聲呻吟了。

僅有的虛榮心讓壬氏裝出了優雅的神態。只有後宮時期練出來的厚臉皮值得稱讚。

得抬起頭來才行。

得佯裝成請人下了指導棋而落敗才行。

壬氏正準備慢慢抬起頭來時，看到有個指尖伸到了棋盤上。

「終盤的這一步，要是這時下在這裡就好了。」

是羅漢的聲音。

「……」

壬氏抬起頭來。

怪人一邊撫摸下巴的鬍碴，一邊用指尖做解釋。

「把這裡改成這樣。這麼一來，就會讓白子無處可走——」

雖然講得模模糊糊聽不清楚，但明顯地是在做解說。

「羅漢大人竟然在做覆盤檢討？」

隨侍羅漢的男子神情顯得不可思議。

「他說是覆盤……」

旁人聽了開始議論紛紛。

「養父基本上是不覆盤檢討的。」

羅半不知從哪裡冒出來說了。

大概是聽到要續弈，就急著趕來了吧。有些上氣不接下氣的。

「這就表示月君得到了他的**讚賞**吧。」

羅半刻意加重「讚賞」部分的語氣。

觀眾為之譁然。

「這時怎麼會下在這兒呢？唔……」

怪人軍師一面覆盤，一面兀自反省。說的似乎是之前那一步壞棋，但本人好像不明白自己怎麼會下在那裡。

他當時明明應該因為睏意、疲勞與酒意而神思恍惚，卻記得下過的每一步。

壬氏只能笑了。

「……總之我很盡興。」

怪人悄悄接近壬氏。

「我不知道你有何目的，但手段很有意思。」

他擺著棋盤不管，就這麼揮舞著酒壺揚長而去。

壬氏一句話也說不出來。

圍觀的人群逐漸散去。雖然似乎有人妄想靠近壬氏，但馬閃以及其他侍衛都盯得很緊。只有羅半一副吊兒郎當的態度，站到壬氏面前。馬閃雖神情快快不悅，但仍允許羅半留下。壬氏沒看過兩人說話，不過感覺不會太合得來。

「恕臣力有未逮。不過，義父似乎十分滿意。」

「……滿意是吧？那般拙劣的戰術他也接受？」

壬氏譏嘲地歪扭嘴唇，懷疑自己被當成了傻子。

「不，無論用什麼方法都行。端看義父覺得有趣與否。」

壬氏不太明白。

只是，不知道是因為血脈相連，還是同為身懷異才之人，聽他的口氣像是了解一些壬氏無法理解的事情。

無意間壬氏心生疑問，於是問道：

「羅漢閣下何以會想到舉辦圍棋大賽？坦白講，我以為他那人無論是否關乎金錢，都只會在想下棋的時候下棋。」

「是，正是如此。義父若是終身不娶的話必定是如此。」

羅半從懷裡拿出一本書。正是那引發一股風潮的圍棋書。

「書中的棋譜，許多是義父與某位女子的棋局。即使是二十多年前的棋譜，仍然留存於義父的記憶裡。明明連昨日才剛見過誰都記不得。可見這些棋譜對義父而言是多麼無可取代的事物，也是再也不會增加的往昔遺物。」

「……是啊。」

某位女子說的是誰，壬氏心裡有底。想必是那綠青館的娼妓，也就是貓貓的母親了。去年羅漢重金為其贖身，但聽聞女子已於今年春天逝世。

「伊人已逝，這義父也明白。只是，義父或許是在想，以過去的棋譜為底，也許能夠出現像她一樣的棋手。」

「……所以他是在追尋過往嗎？」

「非也。真要說的話，或許比較像是追尋留給後世的事物。不，也許義父從來不曾想到那麼多吧？」

也許是開始懷疑自己猜錯了，羅半抓抓後頸。

「……不過，若是義父能像方才那場棋局那樣，也與其他對手覆盤該有多好。要是人家要求臣退指導棋的錢，臣可傷腦筋了。」

「你說的指導棋是？」

記得之前聽說過，可以付錢與羅漢下圍棋。但應該因為羅漢身體不適之故而延期了。

「這數日來，都是以指導棋為優先。哎呀，要配合時日真讓臣費了一番工夫。義父才剛跟別人對完一局，忽然又不見人影，原來是到這兒來了。」

難怪看羅半氣喘吁吁的，原來是因為這樣。

「臣也有一事相問。」

「何事？」

「是棋聖給壬總管出的主意吧。」

不是問句。羅半當時也在棋賽現場，想必都看穿了。

「我占用了皇上的時辰，請他指導我。」

「原來如此，那就能夠理解了。」

羅半點點頭。

「因為在與棋聖對弈時，義父總是抱怨對方淨只準備鹹點心。」

「原來如此。」

看來他是真的不願空手與熊搏鬥。

「那麼，臣也該告退了。不過，在那之前……」

羅半咧嘴歪扭嘴角。

「日前端上來的糕點，義父似乎相當中意，想請月君分享製法。噢，最好是不含酒精的製法。另外還有一事，別看義父那樣，他其實不大喜歡欠人家人情。」

「我怎麼看不出來？」

「是真的。只是會忘記欠了人家人情。」

羅半小聲說句意味深長的話後，就離去了。

「總管與他似乎長談了許多事情，結果如何？」

馬閃有些不悅地走上前來問道。

「沒什麼，閒聊罷了。可否麻煩你去叫水蓮把糕點的烘焙法整理一下？」

「呃，是，這就去辦。」

「要不含酒精的，明白了嗎？」

「是。」

馬閃一面偏著頭，一面跟在壬氏後頭。

回到書房，只見房裡放了件東西。

「這是何物？」

東西上頭蓋了塊布，馬閃掀開一看，是軍事推演用的棋盤。這比之前擺在怪人軍師書房裡的那種要簡略些，但壬氏看到上頭的部署方式，挑了一下眉毛。

「不想欠人情是吧。」

壬氏之所以再三提出強化軍備，是預料到日後國土北境與西境將動盪不安。馬良從房間角落探出頭來說：

「重新部署的位置相當巧妙。這樣一來，壬總管擔憂的地點也顧得到了。」

「……若能多賣點人情就好了。」

「小女子不知道您在說什麼，但您休假時的公務還剩著，請盡早處理。年底將有許多祭祀儀式，可不能再休假了。」

手拿文書的麻美一進書房，就對壬氏苦苦相逼。

「好，我知道了。」

壬氏一面苦笑，一面開始繼續處理公務。

多得是要處理的公務。

「麻美。」

「有何吩咐？」

壬氏想起還有一件事得處理。

「可否請妳去寄這三封信？」

壬氏打開公案的抽屜。

「寄給誰呢？」

麻美偏偏頭，但看了收信人的名字後，角度偏得更大了。

「請妳立刻去寄。盡量保密，並且準備馬車去接她。」

「謹遵吩咐。」

麻美不是那種不識相地愛追問的女子。她手拿書信，離開了書房。

「或許略嫌急躁了。」

但才智平庸的壬氏一旦拖拖拉拉，什麼事情都會有所延誤。

他想在那之前下一著棋。

不過，說真的——

「真希望能再賣點人情。」

壬氏呼出一口氣，坐到了公案前。

二十話　叫將

深夜，貓貓被馬車匡噹匡噹地搖晃著。

貓貓當差結束時，一封來自壬氏的書信悄悄送來給她。

（不曉得有什麼事。）

至今從來沒半件好事，這次也不值得期待。更何況她已經落入了無法打馬虎眼的境地。

前次見到他是在圍棋大賽上。當時怪人軍師在場，因此雖然不願承認，但她安心了。

然而，今日——

（我會被帶到哪兒去？）

當她被人用馬車載走時，多半會被帶去王公貴人的府邸。阿多亦然，玉葉后亦然，壬氏的宮殿亦然。

可是，這不是壬氏宮殿的方向。

眼看樓宇變得一棟比一棟富麗堂皇，貓貓開始微冒冷汗。

「這邊請。」

人家讓她下了馬車，就看到水蓮正在等她。

「許久不見了。」

「是。」

「那就請妳快去後面，把衣裳脫了吧。」

「……」

貓貓不情不願地走到後面。

進入後宮時規定必須搜身，而這大概也差不多。

「……不是壬總管召小女子來的嗎？」

「是呀。只是若只有小殿下在場，也不用讓妳這麼做了。」

換言之就是料想到還會有別人在場。水蓮接過貓貓的衣服，從它懷裡翻出筆墨、懷紙、藥物與白布條，多到她都傻眼了。

「我說呀，妳懷裡總是揣著這麼多玩意兒？」

「針線沒帶來。」

貓貓把褻衣也脫了。瘦巴巴的身子接觸到冷空氣，起了陣雞皮疙瘩。

「妳是松鼠不成？那就也檢查一下頰囊好了，嘴巴張開。」

不只是把衣服扒光，竟然連嘴裡都要看。

「貓貓妳牙齒真整齊。」

「嘿嘿啊啊。」

「皮膚也很細，可是這就不太好嘍？」

左臂裏的白布條也被掀了開來。姚兒總是阻止她傷害自己，所以現在的狀態比之前好多了。

「召小女子來不知有何吩咐？」

「哎呀？妳應該已經猜到了吧。心裡頭做好準備了嗎？」

她用有些挖苦人的口氣說道，反而讓貓貓放了心。

「今日皇上是否也會駕到？」

既然如此仔細地檢查有無攜帶刀械，可見一定有至尊至貴之人到場。

她待在後宮時，搜身步驟多少有所簡化，但皇上身邊永遠跟著侍衛。在臨幸嬪妃時，房間外應該會有幾個人四面警戒。

「捉弄妳真是不好玩，貓貓。妳都不會猜想也許是被召來侍寢的？」

（不，是有稍微想過。）

但別看壬氏那樣，做事是會照順序來的。貓貓寧可相信他不會說做就做。

（只換衣服而不用沐浴的話就應該不是。）

貓貓穿起衣服。人家幫她稍微拭去雀斑，撲上白粉。

更衣結束後，人家把她帶到了有武官候命的地方。貓貓低頭走進去後又是一條走廊，通往深處的房間。

幽光照亮了腳邊，冷清的單一走道隱約給人超脫塵世的感覺。

一走進去，空氣是暖的。三位貴人一邊聆聽炭火爆開的嗶剝聲，一邊談笑。

「人已帶到了。」

水蓮低頭自房間退下。

貓貓看到這些人，當場愣住。

壬氏與皇上在她的預料之中。但沒想到，還多了個玉葉后。

房間是兩間相連，裡頭那間似乎是寢室。三人所在的房間，擺著羅漢床、案桌與桌子。另外還放了個獨特的用具，奇妙的香氣瀰漫室內。

貓貓抽動鼻子。

（這是什麼香氣？）

好像有聞過又好像沒有；既然是擺在貴人的房間裡，只好相信不是什麼怪東西了。

「真是個有趣的組合。月君究竟在打什麼主意？」

玉葉后以衣袖遮嘴偷笑。

「說得是。既然湊齊了朕與你們幾個，想必是要說什麼趣事了。」

皇上看起來也很愉快。

（這是什麼和樂融融的氣氛？）

怎麼看貓貓都來錯了地方。

可能是為了讓眾人能夠放鬆，周圍既無侍女也無侍衛。連高順或紅娘都不在。

貓貓繼續低著頭，心裡想著該如何是好。總不會是要強迫她當場做些什麼，為貴人們的談話助興吧。

（有什麼有趣的煙花巷笑話嗎？）

玉葉后的話應該會笑，但壬氏不大愛聽。那種笑話基本上不受男子歡迎，還是算了吧。

（早知道會這樣，就多準備些材料過來了。例如侍寢的教本什麼的。）

不，不成。皇上雖然喜歡那些教本，但不好在玉葉后面前獻給皇上欣賞。況且在讓水蓮搜身時就會被沒收了。

怎麼辦才好？能做些什麼？有什麼能表演的簡短技藝？貓貓一面思索一面東張西望，竟看到一個令她不敢置信的東西。

一個盆子上鋪著沙子，隨興擺了些樹枝與石頭。看起來就像小庭園，是用來讓客人賞玩的。然而使用的材料奪去了她的目光。

（鹿茸、龍骨……那個莫非是熊膽？）
鹿茸就是鹿角，龍骨就是大塊的骨骼化石，熊膽則正如其名是熊的膽囊。每樣都是高級生藥。
它把鹿角當成樹枝，以龍骨模仿園林石，只有熊膽刻意地擺在那兒。說不定是故意擺成那樣，好讓貓貓看出來。
（把我當傻子？）
那種東西無論擺得再不顯眼，貓貓都不可能錯過。
貓貓垂涎三尺地看著生藥。
「欸，這會兒要做什麼？是不是貓貓要玩有趣的解謎遊戲？」
玉葉后兩眼閃閃發亮。由於日前才發生過那事，貓貓本來還在擔心，照這樣子看來或許沒事了。可是紅娘姑且不論，白羽她們應該不樂見這種情況。
她們就連玉葉后的異母哥哥都懷疑了。縱然皇上在場，她們大概也不會樂意讓皇后獨自與壬氏像這樣見面。
貓貓一邊看看玉葉后，視線一邊在房裡各處飄移。又找到了。桌上那看似硯臺的東西其實是阿膠，也就是整塊動物膠。茶葉裡頭放了薄荷與桂皮。滿室的獨特氣味，似乎是來自於放在各處的生藥。

「還輪不到貓貓出場。可否請二位先聽我說？」

壬氏微微一笑，同時撥一撥放在房間牆邊的大火盆。

「讓小女子來吧。」

貓貓兩眼發亮，想看看火盆裡是否也藏了什麼寶貝。

「不，今日就免了。是我召妳來的，妳坐下。」

壬氏硬要貓貓在羅漢床的一隅坐下。布面臥榻裡塞了棉花，再加上溫暖的空氣，令人昏昏欲睡。

（不可不可。）

貓貓輕輕搖頭，同時吸吸空氣。室內生火太久，有時會導致空氣滯積而難以呼吸。房間裡沒有侍衛也沒有窗戶，看得出來選的是最適於密會的房間。

不過房間最起碼還開了通風孔，讓空氣得以循環。

可是，在房間裡擺這麼多生藥要做什麼？更何況貓貓都被那樣嚴謹地搜身了，把這麼多藥材帶進屋裡不要緊嗎？過多的藥會成為毒物，用錯了法子會害人。

（那兒的白色薄片是茯苓嗎？）

它放在一個鉢裡，上頭擺著菊花。

都故意讓她看到這麼多了，也許可以期待晚點會賜給她。

「好了，那就聽聽你想說什麼吧。」

皇上撫摸鬍鬚瞇起眼睛。神情中雖有著疑問，但也隱約有種慈愛之情。

桌上備有酒菜。貓貓忍不住分心看酒，但似乎用不著她試毒。他們已經自己倒酒喝了起來。

（藥材很好，但酒也不錯。）

可能是貓貓盯著酒看的關係，玉葉后做出了反應。

「貓貓想不想也喝一點？這酒很醇的。皇上您說呢？」

玉葉后似乎已經哺乳結束，也在小酌幾口。

（好耶！）

就立場來說，貓貓不該飲酒。但既然是尊貴之人請她喝，她便無法拒絕。這是情非得已，是不得已才喝的。

「是啊，這似乎是真正的葡萄酒。」

既然特別加上「真正」二字，看來毒葡萄酒的事也傳進了皇上耳裡。

「臣弟怎敢帶毒酒來？臣弟還得請皇上長命百歲呢。」

壬氏晃晃玻璃酒器，但似乎無意賞貓貓一杯。也許是身體在發熱，他把氅衣脫了掛在椅子上。

「月君，沒給貓貓準備酒器嗎？」
貓貓兩眼發亮地注視著玉葉后。
「沒有，貓貓晚點還有差事，請先別讓她喝酒。」
貓貓的心情瞬間跌入谷底。她恨恨地瞪著壬氏，但當事人似乎毫不介懷。
「是何種差事？就她一個人沒得喝太可憐了吧。」
（說得好，再多說一些。還要命令他賜我藥材。）
聽到皇上的金口玉言，貓貓握緊了拳頭。然而壬氏絲毫無意另外準備酒杯。
「為了祝皇上洪福齊天，她這人才不可或缺。」
「你從方才講到現在，怎麼好像一直把朕當成老頭子？」
「豈敢。然皇上不同於過去的暴君，並不相信世上有長生不老的妙藥吧？」
（誰說一定沒有了。）
貓貓一肚子不滿。的確至今尚且無人找到它。儘管這個房間裡有著琳琅滿目的生藥，恐怕沒有一種能令人長生不死。
（真是，到底想幹嘛？要把事情了結就快點——）
「臣弟得請皇上健康長壽，再活個二十年才行。」
壬氏提出了確切的數字。

「月君……這數字還真明確呢。」

就連玉葉后也不禁有些困惑。皇上年方三十多歲，神爽體健，應該仍稱得上精氣神俱佳才是。

「那麼，二十年指的是什麼意思？」

皇上的聲調變得稍許僵硬了些。貓貓不禁渾身緊繃。有件事絕不可忘記，那就是這位美髯公可是一國的九五之尊。

「就是東宮承繼帝位，能讓人安心的年齡。」

「東宮……」

玉葉后出聲說了。

「正是。十歲仍是個孩子。十五歲雖已加元服，但難免有所不安。二十歲雖仍屬年少，但只要在那之前為其鞏固地位，想必可保無虞。」

壬氏到底在說什麼？

貓貓感覺到溫暖宜人的室溫變得越來越涼。要不是在視線前方發現了冬蟲夏草與牡丹皮，臉色恐怕早已發青了。

皇上放下酒杯，瞇著眼睛。表情看起來並不高興。

「把你這番話的前提解釋清楚。」

皇上這話並不帶詢問語氣，讓人更加害怕。

（如果是召我來講這種岌岌可危的事，請現在就放我回去。還要給我禮物。）

貓貓巴不得能摀起耳朵躲到房間角落呻吟。

玉葉后也面無人色。她必定沒想過這幾個人湊在一塊會講這麼危險的事。

「臣弟這番話的前提是，假若皇上現在有個萬一，旁人將會要求臣弟即帝位。」

壬氏從懷中輕輕取出一個盒子。這是個掌心大小的盒子，裡面盛了一顆金色珍珠。珍珠大如拇指指甲，呈現渾圓完整的球形。

如此大顆的珍珠十分罕見，而且形狀渾圓飽滿，即使是貓貓這個外行也知道它價值連城。就連以形狀較差的珍珠磨成的珍珠粉生藥，價格都貴得令人咋舌。

「以相親肖像畫附贈的禮物而論，不會略嫌昂貴了些嗎？」

「朕就算問你這是誰送的，照你的性情也不會說吧。」

「竊以為皇上一定猜得到是誰。」

能將大顆珍珠作為貢品獻給皇弟，還能說出以自己女兒作為皇弟之妻的人，恐怕一隻手就數完了。

（這樣的大人物若是試圖與壬氏打通關係……）

不是想與壬氏聯手攬權，就是企圖成為監護人。若是後者的話，將會與玉葉后對立。

「另外還有一事。」
壬氏接著取出一支匙子。是支前端發黑的銀製匙子。
「有人在臣弟書房的茶裡下毒。除此之外，臣弟還在祭祀時遭人射箭。」
（有這種事？）
既然貓貓沒聽說，大概是下了封口令。
有人想拉攏壬氏進入自家陣營，也有人嫌他礙事。這就是官場。
「玉葉后是否略知一二？」
「……本宮不知。」
玉葉后的聲調中混雜著些許慌張。
貓貓不認為是皇后下的手。但有可能是皇后的自家人趁她不知道時做的。
她的困惑或許就是來自這裡。
若是如此，也許與玉葉后的父親玉袁有關。
「皇上想必明白臣弟對皇位毫無野心。」
皇上並未點頭回應壬氏的話。
「否則，臣弟也不會在後宮假扮宦官長達六年。」
貓貓忍不住搗起耳朵，卻被笑容可掬的壬氏抓住雙手，擺到雙膝上。看來是要她把話聽個清楚。

「臣弟不愛那些紛紛擾擾的事。皇上如今膝下有二子，玉袁閣下也已獲賜別字。能否趁此機會，也賜臣弟別字呢？」

（賜字？）

貓貓偏偏頭。她不解地偷看旁人，結果與玉葉后對上了目光。

「獲賜別字，就表示成了皇帝的臣民。換言之，就是不做皇族了。」

面無人色的玉葉后解釋給貓貓聽。與其說是親切待她，倒比較像是在確認壬氏這話的意思。

（不不不不。）

皇族身分豈是一句嫌麻煩就能輕易拋棄的？更何況包含壬氏在內，皇族還剩幾名男兒？先帝的兄弟已全數死於瘟疫，外戚則不甚清楚，但就貓貓所知，如今皇族男子僅餘皇帝與壬氏，然後就是玉葉后的孩子與梨花妃的孩子這四人了。

皇帝的兩個兒子都還是娃兒。

孩童的壽命難以掌握。無論如何細心養育照料，有時就是會突然一病不起。

（想也知道行不通。）

就連貓貓都明白這道理，皇上不可能不明白。

桌子劇烈搖晃的聲響嚇得貓貓全身毛髮倒豎。肉桂從盤子裡撒了出來。

正不知發生了何事，原來是皇上拍了桌子。

平素臉上分不清是笑臉還是面無表情的貴人，此時怒形於色。

（別這樣！）

貓貓明白觸怒皇上就會沒命。但她平時接觸到的皇上大多心情極好，減輕了她的懼意。

貓貓的心臟怦怦狂跳。她在房間裡東看西看，想找到能穩氣靜心的生藥。

玉葉后的臉色也變得鐵青。她或許也是初次見到皇上的怒容。

只有壬氏神情自若。

「皇上不是與臣弟說好了嗎？莫非要反悔？」

「那也得考慮到時機與狀況。照如今這種狀況，能說這話嗎？」

「還是得說。因為臣弟必須早日了結此事，否則日後想逃也逃不掉了。」

（不要火上加油啊！）

貓貓汗流浹背。

貓貓輪流看看壬氏與皇上，偶爾又不禁確認房間角落裡的牛黃。

（真希望能一直看著牛黃。）

很遺憾地，這渺小的心願被粉碎了。

「敢請皇上貶臣弟為人。」

一聲悶響在房間裡響起。

壬氏臉孔低垂，跌坐在地。皇上的拳頭在發抖。

貓貓忍不住靠近壬氏，硬是讓他張嘴。

（牙齒沒斷，只是嘴唇裂了。）

但皇上打得很重，過一會兒恐怕會腫起來。貓貓也很想檢查一下皇上的拳頭，但不敢靠近他。

「你方才說別讓藥師飲酒，就是為了這事嗎？」

皇上多少壓低了聲音。他伸手抓住了玉葉后的手腕。

這是用來密會的房間，拍桌子的聲響不會驚動侍衛。玉葉后想大叫，無奈發不出聲音。

於是她想求救，卻被皇上捉住了。

「皇后切勿擔憂。」

（誰跟你切勿擔憂啊。）

貓貓用手絹替壬氏拭去嘴唇流的血。

召她來就是為了看這場兄弟鬩牆？真想請他別把貓貓與玉葉后牽扯進來。

「臣弟已有所覺悟，也願意接受應得的懲罰。」

壬氏站起來，又脫了一件衣服，然後慢慢走向火盆。
「玉葉后，我不會與您為敵。還請寬心。」
壬氏微微一笑，拉鬆了衣帶。只見他先是露出肚臍，然後拿起了撥火棒。
「！」
他做出了無人能預料的事。
皮肉燒焦的臭味吱吱冒出。即使是堅強的玉葉后也險些沒昏死過去，貓貓急忙扶住她。
皇上也驚得目瞪口呆。
壬氏一面忍痛，臉上卻還浮現著笑意。他把撥火棒放回火盆裡。
貓貓讓玉葉后躺在臥榻上，凝視壬氏的下腹部。撥火棒沒按在肚子上。側腹下方、骨盤上方的部位留下了焦痕。貓貓有看過那痕跡，跟玉葉后獲賜的紋飾是同個形狀。
（內臟沒受創。但是——）
把烙印按得這麼深，就一輩子消不掉了。
（竟然還準備了這種東西。）
「玉葉后，這下我就無法違抗您了。縱然皇上駕崩，我也威脅不了東宮的地位。」
貓貓想起以前在西都發生過的事。新娘的假自殺案，原因出在新郎對待她們的狠毒方式。那個家族的所有人都一直在忍受把新娘當家畜般加烙印的行為。

留下主人的烙印，等同於將此人當成奴隸。

「……」

皇上方才還怒不可遏的神情，如今變得茫然自失。誰也想不到貴為皇弟的壬氏，會給自己留下奴隸的烙印。

貓貓該做的事只有一件。雖然是高溫燒灼因此幾乎沒有出血，但周圍都紅腫了。她把手絹弄溼了，按在壬氏的側腹部上。

貓貓在房間裡到處尋找油、蜜蠟，以及可治燙傷的生藥。沒有器具讓她火冒三丈，索性從櫃子裡拿出看起來很貴的器皿把藥磨碎。管他盤子要缺角還是匙子折斷，都無關緊要。

她現在沒那多餘心思去在意。

到房外去請人速速準備燙傷藥比較快。但那樣會讓壬氏的傷洩漏出去。雖說是壬氏自殘，但烙印痕跡被人看見對在場的任何人都沒好處。

「你這被虐癖混帳！」

貓貓一邊拌勻蜜蠟與油一邊咒罵。

沒人責怪她。大家恐怕都是這麼想的，就連壬氏自己也是——

只聽見某種東西倒下的砰咚聲，原來是皇上靠到了臥榻上。

「……你就這麼不願即帝位嗎？」

他喃喃說道。
「臣弟不是一直以來都說不願意嗎？」
壬氏臉孔抽搐著回答。
「假若皇上依然不允，臣弟只能在左頰也留個傷痕了。」
聽到壬氏這麼說，貓貓急忙用雙手蓋住壬氏的臉頰。
「說笑罷了。」
貓貓見壬氏笑了，便鬆了手，但還是不知道他會做出什麼好事。大意不得。
玉葉后顯得失神落魄，但似乎還有意識。
「玉葉后，您似乎一直想伺機收貓貓做侍女，但能否請您斷了這個念頭？」
壬氏看向發愣的皇后。
「我已經變成了這樣的身體，再也不能隨意展露肌膚了。」
（明明是自己幹的好事，說這什麼話。）
貓貓把拌勻的藥膏塗在壬氏的皮膚上。
「既不能請侍女為我更衣，也不能給醫官看見。最重要的是——」
壬氏站起來，用一隻手臂摟住貓貓的胴體把她舉了起來。用來冷卻側腹部的手絹掉了。
「快、快別這樣，壬總管！」

貓貓想死命掙扎，但壬氏的傷口就在旁邊，她不敢鬧。

「如今我只能迎娶完全信得過的女子了。」

貓貓的臉色霎時變得鐵青。

由下往上看，壬氏的神情變成了異樣燦爛的笑容。

「該、該不會這才是你的真正目的吧？」

玉葉后臉孔抽搐著說。

「不知皇后此話何意？」

壬氏一邊裝傻，一邊繼續橫抱著貓貓。

貓貓把手伸向玉葉后求助。但皇后只用哀憐的眼神看她，搖了搖頭。

「貓貓，我想妳也得負一半責任。」

（為什麼啊！）

貓貓很想宣稱這跟自己無關，自己是清白的。但壬氏的手摀住了貓貓的嘴。

「既然有責任，那就得好好請她負責了。」

玉葉后不可靠。貓貓轉為看向皇上。

皇上愣愣地看著貓貓與壬氏。

「瑞兒，這就是你選擇的路？」

「是。」
「你不後悔？」
「是。」
皇上的眼中浮現出些微落寞之情。
「……」
美髯之主似乎還想說些什麼。但他瞬間瞥了玉葉后一眼，就闔起了嘴。
「朕回宮了。待得太久，外頭的侍衛要凍僵了。」
房間裡雖然溫暖，但此時已是嚴冬的夜晚。
「朕會告訴他們你今晚在這裡過夜。」
「謝皇上垂愛。」
壬氏深深低頭致謝。臉頰仍是腫的，側腹部烙印也還沒做好治療。
「那麼本宮也……」
玉葉后也從座位上站起來。今天她應該累了，希望她能好好睡一覺，但恐怕難以入眠吧。
（不，等一下。）
要是兩位就這麼走了，貓貓便得跟壬氏獨處了。

貓貓呆愣地張開嘴時，壬氏湊過來看她的臉。
「等妳幫孤包紮好傷口了，想喝酒就喝吧。」
現在才來說這什麼話？
她很想和皇上他們一同離開房間，但不能放著壬氏的傷不管。
貓貓正左右為難時，壬氏總算鬆開了摀住她嘴巴的手。他摸了摸櫃子上的龍骨。
「孤不知這些能做成什麼藥，總之能弄到手的都弄來了。」
「……」
貓貓不由得怦然心動。
「妳愛用多少就用多少。」
多虧於此，她沒能目送玉葉后一邊揮揮衣袖一邊離開房間。
壬氏明明臉頰挨揍，側腹部又嚴重燙傷，精神卻好得很。
「壬、壬總管，快把傷口包紮起來吧。」
「夜晚還長得很，慢慢來吧。」
「不，還是快快做完吧！」
壬氏噘起嘴唇，但沒放開扛著貓貓的手。
「究竟是哪裡令妳不滿意？」

「還問我哪裡不滿意，小女子真是搞不懂您。天底下有哪個人會給自己燙烙印？」
「就是妳眼前的被虐癖混帳啊。」
（自己講都不害臊。）
這人完全豁出去了。明明還會痛，臉色卻莫名地紅潤，怎麼想都有病。而且他還往後頭的房間裡走。
「為何要換地方？」
「孤打算把傷包紮好了就要睡一覺。」
「那就請留在這兒包紮。」
「不，孤想躺著弄。」
貓貓想掙扎卻掙扎不了，這個精力過剩的傢伙還一路往裡頭走。
「還是說妳不想去寢室？」
「……」
揶揄某事般的口吻讓貓貓不禁別開目光。
她聽見壬氏呼出了一口氣。
「孤明白，妳放心吧。」
壬氏輕輕摸摸貓貓的瀏海。

「反正孤不過就是**尚可算大……**」

「！」

壬氏露出了認識他以來最邪惡的笑臉。所以怪不得貓貓忘了他的傷勢死命掙扎。即使後來他接著說了一句：「沒能賣個人情。」她也沒聽見。

終話

玉葉一回到宮殿，還沒沐浴就倒到了床上。

「我累了。」

真想抓個人來問清楚今天到底是怎麼回事。

有些內容換作是平素的話早已逗趣得讓她笑到花枝亂顫了，但這事的衝擊之大遠遠超過了趣味，讓她心裡沒湧起半點感覺。

不，其實玉葉有一點點同情貓貓，同時也很羨慕她。

她巴不得能直接埋在被窩裡大睡一覺。但玉葉是兩個孩子的娘，得去問問紅娘兩個小孩怎麼樣了。況且也不能不把妝容擦掉就入睡。

「好了，得辦正事了。」

玉葉重新打起精神爬起來，卻看到了不該看的東西。賜給她的印記就釘在柱子上。

壬氏說他今後絕不會違逆玉葉，不知是真是假。

那不是簡單的決心。而且還是當著皇上的面做的。

玉葉向來把壬氏當成弟弟看待。話雖如此，她對親兄弟卻只有受到欺侮的記憶。
玉葉雖以玉袁之女的身分被當成工具送入後宮，但意外地發現她自己有自己的想法。
宮廷這個地方有著太多樂趣，使她無法認命地當個人偶。
當然，也會有些事情不稱心或是令她生氣。但是，在西都也一樣是如此。
一個人活在世上，本來就不可能總是遇到開心事。
有時也會遇上不合自己心意的事，但也只能妥協著繼續活下去。
然而，忍耐也是有個限度的。人性欲望深重，對一個貪得無厭的人持續讓步，會有何結果？
「只會吃虧。」
若只是那樣還好。
「會自尋毀滅。」
而對方並沒有惡意。他相信自己是對的。
玉葉的異母哥哥玉鶯是個富正義感的人，相信任何事情的對錯取決於他，而去欺凌他認為不合正道之人。
玉鶯認為玉葉是惡人。
既然是惡人，事到如今又何必來拉攏？

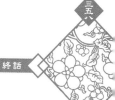

玉葉打開抽屜，拿出玉鶯寄來的信，吹一口氣讓它落在地上。
要把玉葉當成惡人也行。但是，他會怎麼看玉葉的孩子們？
若是男兒的話想必會試著拉攏。但是，若是女兒的話……
眾人皆說玉葉永遠保持著少女心。不，錯了。玉葉已不再是西都的那個野丫頭。
「我不會讓你得逞的。」
玉葉慢慢用鞋子踐踏哥哥寄來的信。
今後，誰才是會被踐踏的那一個？她已不再是過去那個一味傻笑的小姑娘了。

《藥師少女的獨語 9》待續

反派千金轉職成超級兄控 1 待續

Kadokawa Fantastic Novels

作者：浜千鳥　插畫：八美☆わん

無論沒落或滅亡，絕對都要避免！
一切都是為了兄長大人！

奔三社畜利奈轉生成反派千金葉卡堤琳娜，能見到前世男神、此世兄長的阿列克謝令人滿心欣喜。為了助兄長一臂之力，她借助上輩子的遊戲知識，卻發現皇國滅亡的旗標即將出現！唯有迴避沒落與滅亡，才能與兄長迎向美好未來？

NT$200/HK$67

聖女魔力無所不能 1~5 待續

Kadokawa Fantastic Novels

作者：橘由華　插畫：珠梨やすゆき

烹飪、開掛、戀愛、穿越異世界！
邂逅尋找已久的新食材，烹飪慾大爆發!!!

聖活用日本的知識，持續開發出各種商品，如今終於要開一間販售自製商品的店。她前往港口城鎮視察，沒想到邂逅了心心念念的食材！與米飯、味噌這些令人懷念的味道重逢後，烹飪慾也隨之大爆發！然而師團長尤利似乎察覺到聖的料理具有特殊效果⋯⋯？

各 **NT$200/HK$60~67**

告白預演系列10

原本最討厭的你

原案：HoneyWorks　作者：香坂茉里　插畫：ヤマコ

Kadokawa Fantastic Novels

HoneyWorks超人氣戀愛歌曲「告白預演」系列第十集！
《現在喜歡上你》續篇登場！

升上高二的虎太朗，仍單戀著自己的青梅竹馬雛。他在足球社的比賽中力求表現，也在文化祭時主動邀約雛，做了許多努力。在學校舉辦的隔宿旅行的夜晚，終於決定告白的虎太朗將雛找出來，但雛卻表示「我有喜歡的人了。我一直都喜歡著他」——

NT$200/HK$67

公爵千金的本領 1~8（完）

Kadokawa Fantastic Novels

作者：澪亞　插畫：双葉はづき

抱持覺悟衝過兩個世代的千金小姐——
梅露莉絲和艾莉絲的故事，在此正式完結！

梅露莉絲於社交界廣受矚目時，與霖梅洱公國的外交搖搖欲墜——塔斯梅利亞王國再次瀕臨戰爭危機。其中，安德森侯爵家有著重大嫌疑。在這複雜時期中，一旦失去身為英雄的安德森將軍肯定會開戰——為此，梅露莉絲將祕密率領士兵，奔赴戰場取得勝利！

各 **NT$190~220/HK$58~73**

國家圖書館出版品預行編目資料

薬師少女的獨語 / 日向夏作 ; 可倫譯. -- 初版. -- 臺北市 : 臺灣角川, 2020.03-

冊 ;　公分. -- (Kadokawa fantastic novels)

譯自 : 薬屋のひとりごと

ISBN 978-986-524-345-6(第8冊 : 平裝)

861.57　　110002085

Kadokawa Fantastic Novels

藥師少女的獨語 8

（原著名：薬屋のひとりごと8）

2021年4月26日 初版第1刷發行
2024年3月15日 初版第6刷發行

作　　者：日向夏
插　　畫：しのとうこ
譯　　者：可倫

發 行 人：台灣角川股份有限公司
總　　監：呂慧君
總 編 輯：蔡佩芬
主　　編：林秀儒
編　　輯：邱璨萱
設計指導：陳晞叡
美術設計：吳佳昫
印　　務：李明修（主任）、張加恩（主任）、張凱棋

發 行 所：台灣角川股份有限公司
地　　址：104台北市中山區松江路223號3樓
電　　話：（02）2515-3000
傳　　真：（02）2515-0033
網　　址：www.kadokawa.com.tw
劃撥帳戶：台灣角川股份有限公司
劃撥帳號：19487412
法律顧問：有澤法律事務所
製　　版：巨茂科技印刷有限公司
ISBN：978-986-524-345-6

KUSURIYA NO HITORIGOTO 8

Originally published in Japan by Shufunotomo Infos Co., Ltd.
Through Shufunotomo Co., Ltd.